VÉNUS DANS LE CLOÎTRE

ou La Religieuse en chemise

**Écrit par
Abbé du Prat**

A Madame D. L. R.
Très digne abbesse de Beaulieu

Madame,

Comme il me serait difficile de ne pas exécuter ce que vous me témoignez désirer, je n'ai aucunement délibéré sur la prière que vous m'avez faite, de réduire au plus tôt par écrit les doux entretiens où votre communauté a eu si bonne part. Je m'engageai trop solennellement à cette galante entreprise, pour vouloir m'en défendre à présent, et pour m'excuser de ce travail sur la difficulté qu'il y a de rendre à la voix et aux actions le beau feu dont elles ont été animées. Je ne sais si j'aurai bien rempli mes devoirs et vos espérances ; l'exercice de deux ou trois matinées vous en découvrira la vérité, et vous fera connaître que si je n'ai pas beaucoup d'éloquence, j'ai pour le moins assez de mémoire pour rapporter avec fidélité la plus grande partie des choses passées. Je me suis tellement proposé votre satisfaction dans cet ouvrage, que j'ai passé indifféremment sur toutes les raisons qui semblaient devoir m'en éloigner ; la crainte seule qu'il ne tombât en d'autres mains que les vôtres m'a fait un peu différer de vous l'envoyer, et j'en serais moi-même le porteur, si mes affaires présentes me le permettaient, plutôt que de confier au hasard de la poste, ou d'un messager, un paquet de cette conséquence. Car, de bonne foi, quelle confusion pour vous et pour moi, si des conférences si secrètes allaient devenir publiques ! Et si des actions qui ne sont point blâmées que parce qu'elles ne sont pas connues allaient faire un nouveau sujet de critique, et fournir des armes à tous ceux qui voudraient nous attaquer ! Quelle posture et quelle contenance pourrait tenir notre belle religieuse, si le malheur l'exposait en chemise à la vue de tous les curieux ? Que d'opprobre, que de honte, que d'embarras ! Toutes ces considérations sont fortes ; mais vous avez voulu être obéie, et vous avez traité de réflexions légères et timides, des raisons solides et assurées.

Quoi qu'il arrive, je m'en lave les mains : et pour quitter un peu le sérieux, je vous dirai qu'il n'y a rien à appréhender pour sœur Agnès, quand même le mauvais destin se mêlerait de la conduite de tout ceci, puisque la peinture que j'en fais dans mes écrits ne la représente que dans une très exacte observance de tous ses vœux. Car, en effet, pour commencer par *la pauvreté*, peut-on être dans un plus grand détachement des biens de ce monde, que de s'en dépouiller volontairement jusqu'à *la chemise* ? Peut-on, dans ses paroles et dans ses actions, faire paraître la beauté *de la chasteté* avec plus d'éclat, qu'en se proposant pour règle *la nature toute pure* ? Enfin, si l'on veut faire preuve de son *obéissance* sans exception, l'on connaîtra qu'elle aura autant de docilité que pas une de vos novices.

Voilà, madame, une longue lettre pour un petit ouvrage, et une grande porte pour une pauvre maison. Il n'importe : j'ai mieux aimé pécher contre quelques règles, que de me gêner en vous écrivant. Faites part à vos plus intimes et aux miennes, de ce que vous jugerez à propos qu'elles sachent. Et croyez que je suis sansréserve.

Madame,

Votre très obéissant et très affectionné Serviteur,

L'ABBE DU PRAT.

Premier entretien
Sœur Agnès, Sœur Angélique

Agnès. — Ah Dieu ! Sœur Angélique, n'entrez pas dans ma chambre ; je ne suis pas visible à présent. Faut-il ainsi surprendre les personnes dans l'état où je suis ? Je croyais avoir bien fermé la porte.

Angélique. — Eh bien ! Tout doucement ; qu'as-tu à t'alarmer ? Le grand mal de t'avoir trouvée changeant de chemise, ou faisant autre chose de mieux ! Les bonnes amies ne se doivent aucunement cacher les unes aux autres. Assieds-toi sur ta couche comme tu étais, je vais fermer la porte sur nous.

Agnès. — Je vous assure, ma sœur, que je mourrais de confusion si une autre que vous m'avait ainsi surprise ; mais je suis certaine que vous avez beaucoup d'affection pour moi, c'est pourquoi je n'ai pas sujet de rien craindre de vous, quelque chose que vous eussiez pu voir.

Angélique. — Tu as raison, mon enfant, de parler de la sorte ; et quand je n'aurais pas pour toi toute la tendresse qu'un cœur peut ressentir, tu devrais toujours avoir l'esprit en repos de ce côté-là. Il y a sept ans que je suis religieuse ; je suis entrée dans le cloître à treize, et je puis dire que je ne me suis point encore fait d'ennemies par ma mauvaise conduite, ayant toujours eu la médisance en horreur, et ne faisant rien plus au gré de mon cœur que lorsque je rends service à quelques-unes de la communauté. C'est cette manière d'agir qui m'a procuré l'affection de la plupart, et qui m'a surtout assuré celle de notre supérieure, qui ne m'est pas d'un petit usage dans l'occasion.

Agnès. — Je le sais, et je suis souvent étonnée comment vous aviez pu faire pour vous ménager celles même qui sont d'un parti différent : il faut sans doute avoir autant d'adresse et d'esprit que vous, pour engager de telles personnes. Pour moi, je n'ai jamais pu me gêner dans mes affections, ni travailler à avoir pour amies celles qui, naturellement, m'étaient indifférentes. C'est là le faible de mon génie, qui est ennemi de la contrainte, et qui veut en tout agir librement.

Angélique. — Il est vrai qu'il est bien doux de se laisser conduire à cette nature pure et innocente, en suivant uniquement les inclinations qu'elle nous donne ; mais l'honneur et l'ambition, qui sont venus troubler le repos des cloîtres, obligent celles qui y sont entrées à se partager, et à faire souvent par prudence ce qu'elles ne peuvent faire par inclination.

Agnès. — C'est-à-dire qu'une infinité qui croient être maîtresses de votre cœur n'en possèdent seulement que la peinture, et que toutes vos protestations les assurent souvent d'un bien dont elles ne jouissent pas en effet. Je craindrais fort, je vous l'avoue, d'être de ce nombre, et d'être une victime de votre politique.

Angélique. — Ah ! Ma chère, tu me fais une injure ; la dissimulation n'a point de part à des amitiés aussi fortes que la nôtre. Je suis toute à toi ; et quand la nature m'aurait fait naître d'un même sang, elle ne m'aurait pas donné des sentiments plus tendres que ceux que je ressens. Permets que je t'embrasse, afin que nos cœurs se parlent l'un à l'autre au milieu de nos baisers.

Agnès. — *Ah Dieu ! Comme tu me serres entre tes bras !* Songes-tu que je suis nue, en chemise ? Ah ! Tu me mets toute en feu !

Angélique. — Ah ! Que ce vermeil, dont tu es à présent animée, augmente l'éclat de ta beauté ! Ah ! Que ce feu, qui brille maintenant dans tes yeux, te rend aimable ! Faut-il qu'une fille aussi accomplie que toi soit retirée comme tu l'es ? Non, non, mon enfant, je veux te faire part de mes plus secrètes habitudes, et te donner une idée parfaite de la conduite d'une sage religieuse. Je ne parle pas de cette sagesse austère et scrupuleuse qui ne se nourrit que de jeûnes, et ne se couvre que de haires et de cilices ; il en est une autre moins farouche, que toutes les personnes éclairées font profession de suivre, et qui n'a pas peu de rapport avec ton naturel amoureux.

Agnès. — Moi, d'un naturel amoureux ! Il faut certes que ma physionomie soit bien trompeuse, ou que vous n'en sachiez pas parfaitement les règles. Il n'y a rien qui me touche moins que cette passion, et depuis trois ans que je suis en religion, elle ne m'a pas donné la moindre inquiétude.

Angélique. — J'en doute fort, et je crois que si tu voulais en parler avec plus de sincérité, tu m'avouerais que je n'ai rien dit que de véritable. Quoi ! Une fille de seize ans, d'un esprit aussi vif et d'un corps aussi bien formé que le tien, serait froide et insensible ? Non, je ne puis me le persuader : toutes tes démarches les plus négligées m'ont assurée du contraire, et ce je ne sais quoi que j'ai aperçu au travers de la serrure de ta porte, avant que d'entrer, me fait connaître que tu es une dissimulée.

Agnès. — Ah Dieu ! Je suis perdue !

Angélique. — Certes, tu n'es pas raisonnable. Dis-moi un peu ce que tu peux appréhender de moi, et si tu as sujet de craindre une amie ? Je ne t'ai dit cela que dans le dessein de te faire bien d'autres confidences de mon côté. Vraiment, ce sont là de belles bagatelles ! Les plus scrupuleuses les mettent en usage, et cela s'appelle, en termes claustraux : *l'amusement des jeunes et le passe-temps des vieilles.*

Agnès. — Mais encore, qu'avez-vous donc aperçu ?

Angélique. — Tu me fatigues par tes manières. Sais-tu bien que l'amour bannit toute crainte, et que si nous voulons vivre toutes deux dans une intelligence aussi parfaite que je le désire, tu ne me dois rien celer, et je ne dois rien avoir de caché pour toi. Baise-moi, mon cœur. Dans l'état où tu es, une discipline serait d'un bon usage pour te châtier du peu de retour que tu as pour l'amitié qu'on te marque. Ah Dieu ! Que tu as d'embonpoint ! Et que tu es d'une taille proportionnée ! Souffre que…

Agnès. — Ah ! De grâce ! Laissez-moi en repos ; je ne puis revenir de ma surprise ; car, de bonne foi, qu'avez-vous vu ?

Angélique. — Ne le sais-tu pas bien, sotte, ce que je puis avoir vu ? Je t'ai vue dans une action où je te servirai moi-même si tu veux, où ma main te fera à présent l'office que la tienne rendait tantôt charitablement à une autre partie de ton corps. Voilà le grand crime que j'ai découvert, que Mme l'abbesse D. L. R. pratique, comme elle dit, dans ses divertissements les plus innocents, que la prieure ne rejette point, et que la maîtresse des novices appelle *l'intromission extatique*. Tu n'aurais pas cru que de si saintes âmes eussent été capables de s'occuper à des exercices si profanes. Leur mine et leur dehors t'ont déçue, et cet extérieur de sainteté, dont elles savent si bien se parer dans l'occasion, t'a fait penser qu'elles vivaient dans leur corps comme si elles n'étaient composées que du seul esprit. Ah ! mon enfant, que je t'instruirai de quantité de choses que tu ignores, si tu veux avoir un peu de confiance en moi, et si tu me fais connaître la disposition d'esprit et de conscience où tu es à présent ! Après quoi, je veux que tu sois mon confesseur, je serai ta pénitente, et je te proteste que tu verras mon cœur aussi à découvert que si tu en ressentais toi-même les plus purs mouvements.

Agnès. — Après tant de paroles, je ne crois pas devoir douter de votre sincérité ; c'est pourquoi non seulement je vous apprendrai ce que vous souhaitez savoir de moi, mais même je veux me faire un sensible plaisir de vous communiquer jusqu'à mes plus secrètes pensées et actions. Ce sera une confession générale, dont je sais que vous n'avez pas dessein de vous prévaloir, mais dont la confidence que je vous en ferai ne servira qu'à nous unir l'une et l'autre d'un lien plus étroit et indissoluble.

Angélique. — Cela est sans doute, ma plus chère, et tu remarqueras dans la suite qu'il n'y a rien de plus doux dans ce monde que d'avoir une véritable amie, qui puisse être la dépositaire de nos secrets, de nos pensées et de nos afflictions même. Ah ! Que des ouvertures de cœur sont soulageantes dans de semblables occasions ! Parle donc, ma mignonne ; je vais m'asseoir sur ta couche près de toi : il n'est pas nécessaire que tu t'habilles, la saison te permet de rester comme tu es ; il me semble que tu en es plus aimable, et que plus tu approches de l'état où la nature t'a fait naître, tu en as plus de charmes et de beauté. Embrasse-moi ma chère Agnès, avant de commencer, et confirme par tes baisers les protestations mutuelles que nous nous sommes données de nous aimer éternellement. Ah ! Que ces baisers sont purs et innocents ! Ah ! Qu'ils sont remplis de tendresse et de douceur ! Ah ! Qu'ils me comblent de plaisir ! Un peu de trêve, mon petit cœur, je suis toute en feu, tu me mets aux abois par tes caresses. Ah ! Dieu ! Que l'amour est puissant ! Et que deviendrai-je, si de simples baisers me transportent et m'animent si vivement ?

Agnès. — Ah ! Qu'il est difficile de se contenir dans les bornes de son devoir, lorsque nous lâchons tant soit peu la bride à cette passion ! Le croiriez-vous, Angélique, que ces badineries, qui, dans le fond, ne sont rien, ont agi merveilleusement sur moi ? Ah ! ah ! ah ! Laissez-moi un peu respirer ; il semble que mon cœur est trop resserré à présent ! Ah ! Que ces soupirs me soulagent ! Je commence à ressentir pour vous une affection nouvelle, et plus tendre et plus forte qu'auparavant ! Je ne sais d'où cela provient, car de simples baisers peuvent-ils causer tant de désordre dans une âme ? Il est vrai que vous êtes bien artificieuse dans vos caresses, et que toutes vos manières sont extraordinairement engageantes ; car vous m'avez tellement gagnée, que je suis maintenant plus à vous qu'à moi-même. Je crains même que dans l'excès de la satisfaction que j'ai goûtée, il ne se soit mêlé quelque chose qui me donnât sujet de réfléchir sur ma conscience ; cela me fâcherait bien ; car quand il faut que je parle à mon confesseur de ces sortes de matières, je meurs de honte et je ne sais par où m'y prendre. Ah Dieu ! Que nous sommes faibles, et que nos efforts sont vains pour surmonter les moindres saillies et les plus légères attaques d'une nature corrompue !

Angélique. — Voici l'endroit où je t'attendais : je sais que tu as toujours été un peu scrupuleuse sur beaucoup de sujets, et qu'une certaine tendresse de conscience ne t'a pas donné peu de peine. Voilà ce que c'est que de tomber entre les mains d'un directeur malappris et ignorant. Pour moi, je te dirai que j'ai été instruite d'un savant homme de quel air je devais me comporter pour vivre heureuse toute ma vie, sans rien faire néanmoins qui pût choquer la vue d'une communauté régulière, ou qui fût directement opposé aux commandements de Dieu.

Agnès. — Obligez-moi, sœur Angélique, de me donner une idée parfaite de cette belle conduite ; croyez que je suis entièrement disposée à vous entendre et à me laisser persuader par raisonnements, lorsque je ne pourrai les détruire par de plus forts. La promesse que je vous avais faite de me découvrir toute à vous n'en sera que mieux observée, parce qu'insensiblement dans mes réponses qui partageront notre entretien, vous remarquerez sur quel pied l'on m'a établie, et vous jugerez, par l'aveu sincère que je vous ferai de toutes choses, du bon ou du mauvais chemin que je suivrai.

Angélique. — Mon enfant, tu vas peut-être être surprise des leçons que je vais te donner, et tu seras étonnée d'entendre une fille de dix-neuf à vingt ans faire la savante, et de la voir pénétrer dans les plus cachés secrets de la politique religieuse. Ne crois pas, ma chère, qu'un esprit de vaine gloire anime mes paroles : non, je sais que j'étais encore moins éclairée que toi à ton âge, et que tout ce que j'ai appris a succédé à une ignorance extrême ; mais il faut que je t'avoue aussi qu'il faudrait m'accuser de stupidité, si les soins que plusieurs grands hommes ont pris à me former n'avaient été suivis d'aucun fruit, et si l'intelligence qu'ils m'ont donnée de plusieurs langues ne m'avait fait faire quelque progrès, par la lecture des bons livres.

Agnès. — Ma chère Angélique, commencez, je vous prie, vos instructions ; je languis dans l'impatience où je suis de vous entendre. Vous n'avez jamais eu d'écolière plus attentive que je le serai à tous vos discours.

Angélique. — Comme nous ne sommes pas nées d'un sexe à faire des lois, nous devons obéir à celles que nous avons trouvées, et suivre, comme des vérités connues, beaucoup de choses qui d'elles-mêmes ne passent chez plusieurs que pour opinions. Je prétends, mon enfant, te confirmer par là dans les sentiments où tu es, qu'il y a un Dieu juste et miséricordieux, qui demande nos hommages, et qui, de la même bouche qu'il nous défend le mal, nous commande la pratique du bien. Mais comme tous ne conviennent pas de ce qui se doit appeler bien ou mal, et qu'une infinité d'actions pour lesquelles on nous donne de l'horreur sont reçues et approuvées chez nos voisins, je t'apprendrai en peu de paroles ce qu'un révérend père jésuite, qui a une affection particulière pour moi, me disait dans le temps qu'il tâchait à m'ouvrir l'esprit et à le rendre capable des spéculations présentes.

« Comme tout votre bonheur, ma chère Angélique (c'est ainsi qu'il me parlait), dépend d'une parfaite connaissance de l'état religieux que vous avez embrassé, je veux vous en faire une naïve peinture, et vous donner les moyens de vivre dans votre solitude, sans aucune inquiétude ou chagrin qui provienne de votre engagement. Pour procéder avec méthode dans l'instruction que je vous veux donner, vous devez remarquer que la religion (j'entends par ce mot tous les ordres monastiques) est composée de deux corps, dont l'un est purement céleste et surnaturel, et l'autre terrestre et corruptible, qui n'est que de l'invention des hommes ; l'un est politique, et l'autre mystique par rapport à Jésus-Christ, qui est l'unique chef de la véritable Eglise. L'un est permanent, parce qu'il consiste dans la parole de Dieu qui est immuable et éternelle, et l'autre est sujet à une infinité de changements, parce qu'il dépend de celle des hommes, qui est finie et faillible. Cela supposé, il faut séparer ces deux corps, et en faire un juste discernement, pour savoir à quoi nous sommes véritablement obligés. Ce n'est pas une petite difficulté de les bien démêler. La politique, comme la plus faible partie, s'est tellement unie à l'autre, qui est la plus forte, que tout est presque à présent confondu, et la voix des hommes confuse avec celle de Dieu. C'est de ce désordre que les illusions, les scrupules, les gênes, et ces bourrèlements de conscience, qui mettent souvent une pauvre âme au désespoir, ont pris naissance, et que ce joug, qui doit être léger et facile à porter, est devenu, par l'imposition des hommes, pesant, lourd et insupportable à plusieurs.

Parmi de si épaisses ténèbres et une si visible altération de toutes choses, il faut s'attacher uniquement au gros de l'arbre sans se mettre en peine d'embrasser ses branches et ses rameaux. Il faut se contenter d'obéir aux préceptes du souverain Législateur, et tenir pour certain que toutes ces œuvres de surérogation, auxquelles la voix des hommes nous veut engager, ne doivent pas nous causer un moment d'inquiétude. Il faut, en obéissant à ce Dieu qui nous commande, regarder si sa volonté est écrite de ses propres doigts, si elle sort de la bouche de son fils, ou si elle part seulement de celle du peuple. Tellement que sœur Angélique peut, sans scrupule, allonger ses chaînes, embellir sa solitude, et donnant un air gai à toutes ses actions, s'apprivoiser avec le monde. Elle peut, continua-t-il, se dispenser, autant que prudemment elle pourra faire, de l'exécution de tout ce fatras de vœux et promesses qu'elle a faits, indiscrètement, entre les mains des hommes, et rentrer dans les mêmes droits où elle était avant son engagement, ne suivant que ses premières obligations.

Voilà, poursuivit-il, pour ce qui regarde la paix intérieure ; car pour l'extérieur vous ne pouvez, sans pécher contre la prudence, vous dispenser de le donner aux lois, aux coutumes et aux mœurs auxquelles vous vous êtes assujettie en entrant dans le cloître. Vous devez même paraître zélée et fervente dans les exercices les plus pénibles, si quelque intérêt de gloire ou d'honneur dépend de ces occupations ; vous pouvez parer votre chambre de haires, de cilices et de rosettes, et par dévot étalage, mériter autant que celle qui indiscrètement s'en déchirera le corps. »

Agnès. — Ah ! Que je suis ravie de t'entendre ! L'extrême plaisir que j'y ai pris m'a empêchée de t'interrompre, et cette liberté de conscience que tu commences à me rendre par ton discours me décharge d'un nombre presque infini de peines qui me tourmentaient. Mais continue, je te prie, et m'apprends quel a été le dessein de la politique dans l'établissement de tant d'ordres, dont les règles et les constitutions sont si rigoureuses.

Angélique. — On peut considérer, dans la fondation de tous les monastères, deux ouvriers qui y ont travaillé, à savoir, le fondateur et la politique. L'intention du premier a été souvent pure, sainte et éloignée de tous les desseins de l'autre. Et sans avoir d'autre vue que le salut des âmes, il a proposé des règles et des manières de vivre qu'il a cru nécessaires, ou tout au moins utiles à son avancement spirituel et celui de son prochain. C'est par là que les déserts se sont peuplés, et que les cloîtres se sont bâtis. Le zèle d'un seul en échauffait plusieurs, et leur principale occupation étant de chanter continuellement les louanges du vrai Dieu, ils attiraient, par ces pieux exercices, des compagnies entières qui s'unissaient à eux et ne faisaient qu'un corps. Je parle, en ceci, de ce qui s'est passé dans la ferveur des premiers siècles ; car, pour le reste, il en faut raisonner autrement et ne pas penser que cette innocence primitive et ce beau caractère de dévotion se soient longtemps conservés, et aient fait le partage de ceux que nous voyons à présent.

La politique, qui ne peut rien souffrir de défectueux dans un Etat, voyant l'accroissement de ces reclus, leur désordre et leur dérèglement, a été obligée d'y mettre la main ; elle en a banni plusieurs, et retranché des constitutions des autres ce qu'elle n'a pas cru nécessaire à l'intérêt commun. Elle aurait bien voulu se défaire entièrement de ces sangsues qui, dans une oisiveté et une fainéantise horribles, se nourrissaient du labeur du pauvre peuple ; mais ce bouclier de la religion, dont ils se couvraient, et l'esprit du vulgaire dont ils s'étaient déjà emparés, ont fait prendre un autre tour, pour que ces sortes de compagnies ne fussent pas entièrement inutiles à la république.

La politique a donc regardé toutes ces maisons comme des lieux communs où elle se pourrait décharger de ses superfluités ; elle s'en sert pour le soulagement des familles que le grand nombre d'enfants rendrait pauvres et indigentes, s'ils n'avaient des endroits pour les retirer, et afin que leur retraite soit sans espérance de retour, elle a inventé les vœux, par lesquels elle prétend nous lier et nous attacher indissolublement à l'état qu'elle nous fait embrasser ; elle nous fait même renoncer aux droits que la nature nous a donnés, et nous sépare tellement du monde, que nous n'en faisons plus une partie. Tu conçois bien tout ceci ?

Agnès. — Oui, mais d'où vient que cette maudite politique, qui de libres nous rend esclaves, approuve davantage les règles qui n'ont rien que de rude et d'austère que celles qui sont moins rigoureuses ?

Angélique. — En voici la raison. Elle regarde les religieux et religieuses comme des membres retranchés de son corps et comme des parties séparées dont la vie ne lui semble en particulier utile à aucune chose, mais bien plutôt dommageable au public. Et comme ce serait une action qui paraîtrait inhumaine que de s'en défaire ouvertement, elle se sert de stratagèmes, et sous prétexte de dévotion, elle engage ces pauvres victimes à s'égorger elles-mêmes, et à se charger de tant de jeûnes, de pénitences et de mortifications, qu'enfin ces innocentes succombent et font place, par leur mort, à d'autres qui doivent être aussi misérables, si elles ne sont pas plus éclairées. De cette manière, un père est souvent le bourreau de ses enfants, et sans y penser il les sacrifie à la politique, lorsqu'il croit ne les offrir qu'à Dieu.

Agnès. — Ah ! Pitoyable effet d'un détestable gouvernement ! Tu me donnes la vie, ma chère Angélique, en me retirant par tes raisons du grand chemin que je suivais. Peu de personnes mettaient plus en usage que moi toutes les mortifications les plus rudes. Je me suis accablée de coups de discipline pour combattre souvent des mouvements innocents de la nature, que mon directeur faisait passer pour des dérèglements horribles. Ah ! Faut-il que j'aie ainsi été dans l'abus ! C'est sans doute par cette cruelle maxime que les ordres mitigés sont méprisés, et que ceux qui n'ont rien que d'affreux sont loués et élevés jusqu'au ciel. Oh Dieu ! Souffrez-vous qu'on abuse ainsi de votre nom pour des exécutions si injustes, et permettez-vous que des hommes vous contrefassent !

Angélique. — Ah ! Mon enfant, que ces exclamations me font bien connaître qu'il te manque encore quelque lumière pour voir clair universellement en toutes choses ! Demeurons-en là : ton esprit n'est pas capable pour le présent d'une spéculation plus délicate. *Aime Dieu et ton prochain,* et crois que toute la loi est renfermée dans ces deux commandements.

Agnès. — Quoi ! Angélique, voudriez-vous me laisser dans quelque erreur ?

Angélique. — Non, mon cœur, tu seras pleinement instruite, et je te mettrai entre les mains un livre qui achèvera de te rendre savante, et où tu apprendras avec facilité ce que je n'aurais pu t'expliquer qu'avec confusion.

Agnès. — Cela suffit. Il faut que je vous avoue que j'ai trouvé cet endroit plaisant : *Que les cloîtres sont les lieux communs où la politique se décharge de ses ordures !* Il me semble qu'on ne peut pas en parler d'une manière plus basse et plus humiliante.

Angélique. — Il est vrai que l'expression est un peu forte ; mais elle n'est guère plus choquante que celle d'un autre, qui disait que *les moines et les moinesses étaient dans l'Eglise ce que les chats et les souris étaient dans l'arche de Noé.*

Agnès. — Vous avez raison, et j'admire la facilité que vous avez à vous énoncer ; je ne voudrais pas, pour tout ce que je puis avoir de plus cher, que l'occasion de ma porte entrouverte n'eût donné lieu à notre entretien. Oui, j'ai pénétré dans le sens de toutes vos paroles.

Angélique. — Eh bien ! En feras-tu un bon usage ? Et ce beau corps, qui n'est coupable d'aucun crime, sera-t-il encore traité comme le plus infâme scélérat qui soit au monde ?

Agnès. — Non, je prétends lui tenir compte du mauvais temps que je lui ai fait passer ; je lui en demande pardon, et en particulier d'une rude discipline que je lui fis hier ressentir par l'avis de mon confesseur.

Angélique. — Baise-moi, ma pauvre enfant ; je suis plus touchée de ce que tu me dis que si je l'avais éprouvé sur moi-même. Il faut que ce châtiment soit le dernier qui te fatigue ; mais encore te fis-tu grand mal ?

Agnès. — Hélas ! Mon zèle était indiscret, et je croyais que plus je frappais, plus j'avais de mérite ; mon embonpoint et ma jeunesse me rendaient sensible aux moindres coups : tellement qu'à la fin de ce bel exercice, j'avais le derrière tout en feu ; je ne sais même si je n'y avais point quelque blessure, parce que j'étais tout à fait transportée, lorsque je l'outrageais si vivement.

Angélique. — Il faut, ma mignonne, que j'en fasse la visite, et que je voie de quoi est capable une ferveur mal conduite.

Agnès. — Oh Dieu ! Faut-il que je souffre cela ! C'est donc tout de bon que vous parlez ? Je ne puis l'endurer sans confusion. Oh ! Oh !

Angélique. — Et à quoi sert donc tout ce que je t'ai dit, si une sotte pudeur te retient encore ? Quel mal y a-t-il à m'accorder ce que je te demande ?

Agnès. — Il est vrai, j'ai tort, et votre curiosité n'est point blâmable ; satisfaites-la comme vous souhaitez.

Angélique. — Oh ! Le voilà donc à découvert, ce beau visage toujours voilé ! Mets-toi à genoux sur ta couche, et baisse un peu la tête, afin que je remarque la violence de tes coups. Ah !

Bonté divine, quelle bigarrure ! Il me semble que je vois du taffetas de la Chine ou bien du rayé du temps passé ! Il faut avoir une grande dévotion au *mystère de la Flagellation* pour s'en enluminer ainsi les fesses.

Agnès. — Eh bien ! As-tu assez contemplé cet innocent outragé ? Oh Dieu ! Comme tu le manies ! Laisse-le en repos, afin qu'il reprenne son premier teint, et qu'il se défasse de ce coloris étranger. Quoi ! Tu le baises ?

Angélique. — Ne t'y oppose pas, mon enfant, j'ai l'âme du monde la plus compassive, et comme c'est une œuvre de miséricorde de consoler les affligés, je crois que je ne saurais leur faire trop de caresses pour dignement m'acquitter de ce devoir. Ah ! Que tu as cette partie bien formée ! Et que la blancheur et l'embonpoint qui y paraissent lui donnent d'éclat ! J'aperçois aussi un autre endroit qui n'est pas moins bien partagé de la nature, c'est *la nature même*.

Agnès. — Retire ta main, je te prie, de ce lieu, si tu ne veux y causer un incendie qui ne pourrait pas s'éteindre facilement. Il faut que je t'avoue mon faible : je suis la fille la plus sensible qui se puisse trouver et ce qui ne causerait à d'autres la moindre émotion me met souvent en désordre.

Angélique. — Quoi ! Tu n'es donc pas si froide que tu voulais me le persuader au commencement de notre conversation ! Et je crois que tu feras aussi bien ton personnage qu'aucune que je connaisse, quand je t'aurai mise entre les mains de cinq ou six bons frères. Je souhaiterais pour ce sujet que le temps de la retraite, où je vais entrer selon la coutume, pût se différer, afin de me trouver avec toi au parloir. Mais il n'importe, je m'en consolerai par le récit que tu me feras de tout ce qui se sera passé ; à savoir si *l'abbé* aura mieux fait que *le moine,* si *le feuillant* l'aura emporté sur *le jésuite,* et enfin si toute *la fratraille* t'aura satisfaite.

Agnès. — Ah ! Que je me figure d'embarras dans ces sortes d'entretiens, et qu'ils me trouveront novice en fait d'amourettes !

Angélique. — Ne te mets pas en peine ; ils savent de la manière qu'il faut user avec tout le monde, et un quart d'heure avec eux te rendra plus savante que tous les préceptes que tu pourrais recevoir de moi dans une semaine. Çà ! Couvre ton derrière de peur qu'il ne s'enrhume : tiens, il aura encore ce baiser de moi, et celui-ci et celui-là.

Agnès. — Que tu es badine ! Crois-tu que j'aurais souffert de ces sottises, sans que je sache que rien n'y est offensé ?

Angélique. — Si cela était, je pécherais donc à tout moment, car le soin qu'on m'a donné des écolières et des pensionnaires m'oblige à visiter leur maison de derrière bien souvent. Encore hier je donnai le fouet à une, plutôt pour ma satisfaction que pour aucune faute qu'elle eût commise : je prenais un plaisir singulier à la contempler ; elle est fort jolie et a déjà treize ans.

Agnès. — Je soupire après cet emploi de maîtresse de l'école, afin de prendre un semblable divertissement. Je suis frappée de cette fantaisie, et même je serais ravie de voir en toi ce que tu as considéré si attentivement dans ma personne.

Angélique. — Hélas ! Mon enfant, la demande que tu me fais ne me surprend point ; nous sommes toutes formées de même pâte. Tiens, je me mets dans ta posture. Bon, lève ma jupe et ma chemise le plus haut que tu pourras.

Agnès. — J'ai grande envie de prendre ma discipline, et de faire en sorte que ces deux sœurs jumelles n'aient rien à me reprocher.

Angélique. — Ouf ! ouf ! ouf ! Comme tu y vas ! Ces sortes de jeux ne me plaisent que quand ils ne sont pas violents. Trêve, trêve ! Si ta dévotion t'allait reprendre, je serais perdue. Oh Dieu ! Que tu as le bras flexible ! J'ai le dessein de t'associer dans mon office, mais il y faut un peu plus de modération.

Agnès. — Voilà certes bien de quoi se plaindre ! Ce n'est pas la dixième partie des coups que j'ai reçus ; je te remets le reste à une autre fois : il faut accorder quelque chose à ton peu de courage. Sais-tu bien que cet endroit en devient plus beau : un certain feu qui l'anime lui communique un vermillon plus pur et plus brillant que tout celui d'Espagne. Approche-toi un peu plus près de la fenêtre, afin que le jour m'en découvre toutes les beautés. Voilà qui est bien. Je ne me lasserais jamais de le regarder ; je vois tout ce que je souhaitais, jusques à son voisinage. Pourquoi couvres-tu cette partie de ta main ?

Angélique. — Hélas ! Tu peux la considérer aussi bien que le reste : s'il y a du mal à cette occupation, il n'est préjudiciable à personne et ne trouble aucunement la tranquillité publique.

Agnès. — Comment pourrait-il la troubler, puisque nous n'en faisons plus une partie ? Outre que les fautes cachées sont à demi pardonnées.

Angélique. — Tu as raison, car si l'on pratiquait dans le monde autant de crimes, pour parler conformément à nos règles, qu'il s'en commet dans les cloîtres, la police serait obligée d'en corriger les abus et couperait le cours à tous ces désordres.

Agnès. — Je crois aussi que les pères et mères ne permettraient jamais l'entrée de nos maisons à leurs enfants, s'ils en connaissaient le dérèglement.

Angélique. — Il n'en faut pas douter ; mais comme la plupart des fautes y sont secrètes, et que la dissimulation y règne plus qu'en aucun endroit, tous ceux qui y demeurent n'en aperçoivent pas les défauts, mais servent eux-mêmes à engager les autres, outre que l'intérêt particulier des familles l'emporte souvent sur beaucoup d'autres considérations.

Agnès. — Les confesseurs et les directeurs des cloîtres ont un talent particulier pour faire aller dans leurs filets de pauvres innocentes, qui tombent dans un piège en pensant trouver un trésor.

Angélique. — Il est vrai, et je l'ai éprouvé en ma personne. Je n'avais aucun penchant pour la religion ; je combattais vivement les raisons de ceux qui m'y portaient, et jamais je n'y serais entrée, si un jésuite, qui pour lors gouvernait ce monastère, ne s'en était mêlé : un intérêt de famille obligea ma mère, qui m'aimait tendrement, et qui s'y était toujours opposée, à y donner les mains. J'y résistai longtemps parce que je ne prévoyais pas que le comte de la Roche, mon frère aîné, par le droit de noblesse et par les coutumes du pays, emportait presque tout le bien de la maison, et nous laissait six, sans autre appui que celui qu'il nous promettait, qui selon son humeur devait être peu de chose. Enfin il céda dix mille francs, à ce qu'il me dit, de ses prétentions, auxquels quatre furent ajoutés, tellement que j'apportai quatorze mille livres pour ma dot, en faisant profession dans ce couvent. Mais pour revenir à l'adresse de celui qui m'embaucha, tu sauras qu'on fit en sorte que je me rencontrasse avec lui, une après-dînée que j'étais allée rendre visite à une de mes cousines qui était religieuse, et qui mourait d'envie de me voir revêtue d'un habit semblable au sien.

Agnès. — N'était-ce pas sœur Victorie ?

Angélique. — Oui. Nous étant donc trouvés tous trois à un même parloir, le jésuite, Victorie et moi, nous commençâmes par les compliments et les civilités dont on use dans les premières entrevues ; elles furent suivies d'un discours de ce loyaliste touchant les vanités du siècle, et la difficulté de faire son salut dans le monde, qui disposa beaucoup mon esprit à se laisser tromper. Ce n'était néanmoins que de légères préparations : il avait bien d'autres subtilités pour s'insinuer dans mon intérieur, et pour me faire entrer dans ses sentiments. Il me disait quelquefois qu'il remarquait dans ma physionomie le véritable caractère d'une âme religieuse : qu'il avait un don particulier pour en faire un juste discernement, et que je ne pouvais, sans faire une injure à Dieu (c'est ainsi qu'il parlait), consacrer au monde une beauté aussi parfaite que la mienne.

Agnès. — Il ne s'y prenait pas mal. Que répondais-tu à tout cela ?

Angélique. — Je combattis d'abord ces premières raisons par d'autres que je lui opposais, et qu'il détruisait avec un artifice merveilleux. Victorie aidait encore à me tromper, et me faisait voir la religion du côté qu'elle peut avoir quelque chose d'aimable, et me cachait adroitement tout ce qui était capable de m'en rebuter. Enfin le jésuite, qui, comme j'ai appris, avait bien fait des conquêtes plus difficiles, fit ses derniers efforts pour s'assurer de la mienne. Il y réussit par la peinture qu'il me fit du monde et de la religion, et me contraignit par la force de son éloquence à embrasser étroitement son parti.

Agnès. — Mais encore, que dit-il qui fût capable d'exercer un pouvoir si absolu sur ton esprit ?

Angélique. — Je ne puis te le rapporter dans son étendue, car il me tint trois heures à la grille : tu sauras seulement qu'il me prouva par des raisonnements que je croyais forts, que c'était là ma vocation, dans laquelle seule je pouvais faire mon salut, qu'il n'y avait point de sûreté pour moi, ni de chemin hors de là ; que le monde n'était rempli que d'écueils et de précipices, que les excès des religieux valaient mieux que la modération des mondains, et que le repos et la contemplation des uns étaient en même temps plus doux et plus méritoires que l'action et tout l'embarras des autres ; que c'étaient dans les cloîtres seuls que l'on pouvait traiter familièrement avec Dieu, et par conséquent, que pour se rendre digne d'une communication si sainte et si relevée, il fallait fuir la compagnie des hommes ; que c'étaient dans ces lieux que se conservaient les restes de l'ancienne ferveur des chrétiens et qu'on pouvait voir l'image véritable de la primitive Eglise.

Agnès. — On ne pouvait pas parler avec plus d'éloquence et tout ensemble avec plus d'artifice ; car je remarque qu'il ne te dit pas un mot des rigueurs et des austérités qui pouvaient t'épouvanter.

Angélique. — Tu te trompes, il n'oublia rien. Mais les peines et mortifications dont il me parla furent assaisonnées de tant de douceur, que je ne les trouvai point de mauvais goût.

« Je ne veux rien vous cacher, me disait-il. Ces dévotes compagnies, dont j'espère que vous augmenterez le nombre, travaillent jour et nuit, par leurs austérités et pénitences, à dompter l'orgueil et l'insolence de la nature ; elles exercent sur leurs sens une violence qui dure toujours ; sans mourir, leur âme est séparée de leur corps, et méprisant également la douleur et la volupté, elles vivent comme si elles n'étaient faites que du seul esprit. Ce n'est pas tout, poursuivit-il d'un ton persuasif, elles font un sacrifice rigoureux de leur liberté, elles se dépouillent de tous leurs biens pour s'enrichir seulement d'espérances et s'imposent par des vœux solennels la nécessité d'une perpétuelle vertu. »

Agnès. — C'était un maître orateur que ce disciple de Loyola : je souhaiterais le connaître.

Angélique. — Tu le connais bien, et je t'apprendrai de petites particularités de sa vie qui te feront croire qu'il fait plus d'un personnage. Mais il faut que je t'achève le reste.

« Voilà, mademoiselle, bien des chaînes, bien des rigueurs et des mortifications que je vous présente ; mais, le croiriez-vous ? me dit-il, ces saintes âmes dont je vous parlais présentement sont glorieuses de ce joug, elles sont vaines de cette servitude, et il ne s'offre point de rude peine à souffrir, qu'elles n'estiment une grande récompense ; elles font toutes leurs amours et leur passion du service de Jésus-Christ ; c'est lui seul qui les met tout en feu, pour peu qu'il les touche ; c'est lui qui est l'unique maître de leur cœur, et qui sait faire succéder à leurs peines des joies et des douceurs incroyables. »

Agnès. — Sans doute tu fus charmée par ce beau discoureur ?

Angélique. — Oui, mon enfant, ce charlatan me persuada ; ses paroles me changèrent en un moment ; elles m'arrachèrent à moi-même et me firent rechercher avec ardeur ce que j'avais toujours fui avec constance. Je devins la plus scrupuleuse du monde, et parce qu'il m'avait dit que hors du cloître je ne pouvais faire mon salut, je m'imaginais, devant que d'y être entrée, avoir tous les diables à mes côtés. Depuis ce temps, il a voulu lui-même me remettre dans le bon sens ; il m'a donné les connaissances qui pouvaient me tirer des ténèbres où il m'avait jetée, et c'est à sa morale que je dois tout le repos et la quiétude d'esprit que je possède.

Agnès. — Apprends-moi donc vite qui est ce personnage.

Angélique. — C'est le père de Raucourt.

Agnès. — Oh Dieu ! Quel enchanteur ! J'ai été une fois à confesse à lui, je le prenais pour l'homme du monde le plus dévot : il est vrai qu'il sait l'art de gagner les cœurs en perfection, et qu'il persuade ce qu'il désire. Mais je lui veux mal de m'avoir laissée dans l'erreur où il me trouva, et d'où il me pouvait dégager.

Angélique. — Ah ! Qu'il est trop prudent pour se mettre ainsi au hasard ! Il te voyait dans une bigoterie extraordinaire, dans des scrupules horribles, et savait que d'une extrémité à l'autre on ne peut pas réduire une fille si facilement. Outre que si un seul saint éclairait tous les aveugles, il n'y aurait plus de miracles à faire pour les autres, tu m'entends bien ? C'est-à-dire que si tu avais eu la foi, tu aurais été guérie, et que si ce sage directeur eût reconnu en toi quelques dispositions à suivre ses ordonnances, il t'aurait servi de médecin.

Agnès. — Je le crois, mais j'aime autant t'en avoir l'obligation qu'à lui-même. Apprends-moi, je te prie, quelque trait de la vie de ce bienheureux.

Angélique. — Je le veux, mon petit cœur, baise-moi donc et m'embrasse bien amoureusement auparavant. Ah ! ah ! Voilà qui est bien ! Ah ! Que je suis charmée de la beauté de ta bouche et de tes yeux ; un seul de tes baisers me transporte plus que je ne puis te l'exprimer.

Agnès. — Commence donc. Ah ! Que tu es une grande baiseuse !

Angélique. — Je ne me lasse jamais de caresser ce que je trouve aimable. Puisque tu connais le père de Raucourt, il n'est pas nécessaire que je te dise que c'est l'homme du monde le plus intrigant, le plus adroit et le plus spirituel qui se puisse trouver. Seulement je t'apprendrai qu'en fait d'amitié il est délicat au dernier point, et que, comme il croit valoir quelque chose, il faut avoir bien des qualités pour lui plaire. Entre toutes ces conquêtes, il n'en comptait point de plus glorieuse que celle qu'il avait faite d'une jeune religieuse d'un couvent de cette ville, qui s'appelle sœur Virginie.

Agnès. — J'en ai ouï parler comme d'une beauté achevée, mais je n'en sais point d'autres particularités,

Angélique. — C'est une fille la plus belle qui se puisse voir, si le portrait que son galant m'en a montré est fidèle. Pour de l'esprit, elle en est autant bien partagée qu'elle le pouvait souhaiter ; elle est enjouée ; elle touche plusieurs instruments, et chante avec des charmes capables d'enlever les cœurs. Il y avait déjà quelques mois que notre jésuite se l'était entièrement acquise, et qu'ils jouissaient tous deux de cette douce tranquillité qui fait tout le bonheur des amants, lorsque la jalousie commença le désordre que tu vas entendre.

Il y avait dans ce même monastère une religieuse pour qui le père avait témoigné avoir de l'amitié, et à qui il avait fait plusieurs visites sur ce pied-là : il en avait même reçu quelques faveurs capables d'engager fortement un homme un peu fidèle, mais l'éclat de la beauté de Virginie l'emporta sur son cœur. Il se dégagea intérieurement de cette première habitude, et ne donna plus à cette pauvre fille que l'extérieur et les apparences d'un véritable amour. Elle s'aperçut bientôt du changement, et vit clairement qu'il y avait du partage. Elle dissimula néanmoins son chagrin, et voyant qu'elle avait affaire à une rivale qui la surpassait en tout, elle ne fit point dessein de s'attaquer à elle ; mais elle jura la perte de celui qui la méprisait.

Pour venir plus facilement à bout de son entreprise, elle étudia les heures et les moments que Virginie donnait à l'entretien de ce religieux amant ; et comme elle avait appris par expérience qu'il ne se contentait pas de paroles ni de faveurs légères, elle crut avec raison qu'elle pourrait les surprendre dans de certains exercices dont la connaissance la rendrait maîtresse du sort de son infidèle. Elle fut longtemps avant de rien découvrir d'assez fort pour éclater : elle aperçut bien deux ou trois fois ce pauvre père qui se réchauffait la main dans le sein de Virginie ; elle les vit se donnant quelques baisers avec une ardeur incroyable ; mais cela passait pour bagatelles dans son esprit, et, comme elle savait qu'on ne comptait dans le cloître ces sortes d'actions que pour des peccadilles que l'eau bénite efface, s'en tut, en attendant une meilleure occasion de parler.

Agnès. — Ah ! Que je crains pour la pauvre Virginie !

Angélique. — Nos amants, qui ne se doutaient point des embûches qu'on leur dressait, ne prenaient point de mesures pour s'en défendre. Ils se voyaient deux ou trois fois la semaine, et s'écrivaient des billets lorsque la prudence les obligeait à se séparer pour quelque temps l'un de l'autre, de crainte de donner lieu à la médisance. Les lettres du père, dont les expressions étaient fortes et tendres, achevèrent de lui gagner tout à fait Virginie. Il la fut voir après huit jours d'absence, et remarqua à ses yeux et à sa contenance qu'il en aurait ce qu'elle lui avait toujours refusé auparavant. Cependant, sa rivale n'était pas oisive ; car, étant d'intelligence avec la mère portière, elle venait d'apprendre l'arrivée du jésuite, et ne doutant point qu'après un si long intervalle, ils n'en vinssent à des privautés telles qu'elle les aurait souhaitées pour soi-même elle se transporta, animée de la jalousie, dans un lieu voisin du parloir, où par le moyen d'une petite ouverture qu'elle avait faite, elle pouvait découvrir jusques aux moindres mouvements de ceux qui s'y entretenaient, et entendre leurs plus secrètes conversations.

Agnès. — C'est ici que ma crainte se renouvelle. Ah ! Que je veux de mal à cette curieuse, de troubler si malicieusement le repos de deux malheureux amants !

Angélique. — Afin que les dépositions qu'elle avait dessein de faire de ce qu'elle verrait fussent reçues sans difficulté, elle prit avec elle une autre religieuse qui pût rendre un semblable témoignage. S'étant donc postées l'une et l'autre dans l'endroit dont je t'ai parlé, elles aperçurent nos deux amants qui s'entretenaient plus par leurs regards et par leurs soupirs que par les paroles. Ils se serraient étroitement la main, et, se regardant avec langueur, ils se disaient quelques mots de tendresse qui partaient plus de leur cœur que de leur bouche. Cette amoureuse contemplation fut suivie de l'ouverture d'une petite fenêtre carrée, qui était vers le milieu de la grille, et qui servait à passer les paquets un peu gros dont on faisait présent aux religieuses. Ce fut pour lors que Virginie reçut et donna mille baisers, mais avec des transports si grands, avec des saillies si surprenantes, que l'amour même n'aurait pas pu en augmenter l'ardeur.

— Ah ! Ma chère Virginie, commença notre passionné, vous voulez donc que nous en demeurions là ? Hélas ! Que vous avez peu de retour pour ceux qui vous aiment, et que vous savez bien pratiquer l'art de les tourmenter !

— En quoi, reprit notre vestale, puis-je encore vous faire présent de quelque chose, après vous avoir donné mon cœur ? Ah ! Que votre amour est tyrannique ! Je sais ce que vous désirez ; je sais même que j'ai eu la faiblesse de vous le faire espérer ; mais je n'ignore pas que c'est tout mon bien et toute ma richesse, et que je ne puis vous l'accorder qu'en me réduisant à l'extrémité. Ne pouvons-nous pas, en demeurant dans les termes où nous sommes, passer ensemble de doux moments, et goûter des plaisirs d'autant plus parfaits qu'ils seront purs et innocents ? Si votre bonheur, comme vous me dites, ne dépend que de la perte de ce que j'ai de plus cher, vous ne pouvez être heureux qu'une seule fois, et moi toujours misérable, puisque c'est une chose qui ne se peut recouvrer pour se laisser perdre comme auparavant. Croyez-moi, aimons-nous comme un frère aime une sœur, et donnons à cet amour toutes les libertés qu'il pourra s'imaginer, à l'exception d'une seule.

Agnès. — Et le jésuite ne répondait-il point à tout cela ?

Angélique. — Non ; pendant tout ce discours il ne dit rien ; mais, se soutenant la tête d'une main, dans une posture de mélancolique, il regardait avec des yeux remplis de langueur celle qui lui parlait. Après quoi, lui prenant la main au travers de la grille, il lui dit d'un air touchant :

« Il faut donc changer de méthode et n'aimer plus comme auparavant. Le pouvez-vous, Virginie ? Pour moi, je ne puis rien retrancher de mon amour : les règles que vous venez de me prescrire ne peuvent être reçues d'un véritable amant. »

Il lui exagéra ensuite avec tant de feu l'excès de son ardeur qu'il la déconcerta entièrement et tira d'elle une promesse de vive voix de lui accorder dans quelques jours ce qui seul devait le rendre parfaitement heureux. Il la fit, pour lors, approcher plus près de la grille, et, l'ayant fait monter sur un siège un peu élevé, il la conjura de lui permettre au moins de satisfaire sa vue, puisque toute autre liberté lui était défendue. Elle lui obéit après quelque résistance et lui donna le temps de voir et de manier les endroits consacrés à la chasteté et à la continence. Elle, de son côté, voulut aussi contenter ses yeux par une pareille curiosité ; le jésuite, qui n'était pas insensible, en trouva aisément les moyens, et elle obtint de lui ce qu'elle désirait, avec plus de facilité qu'elle ne lui avait accordé. Ce fut là le moment fatal de l'un et de l'autre, et celui que désiraient nos espionnes. Elles contemplaient avec une satisfaction extraordinaire les plus beaux endroits du corps nu de leur compagne, que le jésuite mettait à découvert et qu'il maniait avec les transports d'un amant insensé. Tantôt elles admiraient une partie, tantôt une autre, selon que le père officieux tournait et faisait changer de situation à son amante ; tellement que quand il considérait le devant il leur exposait en vue son derrière, parce que sa jupe, d'un côté et de l'autre, était levée jusqu'à la ceinture.

Agnès. — Il me semble que je suis présente à ce spectacle, tant tu en rapportes l'histoire naïvement.

Angélique. — Enfin ils terminèrent leurs badineries, et nos deux sœurs se retirèrent dans le dessein de couper le cours à ces amours mal conduites et d'empêcher l'effet de la promesse de Virginie. Par un bonheur particulier pour cette pauvre innocente, la religieuse, que sa rivale s'était associée dans la considération de ce qui s'était passé, avait une amitié bien tendre pour elle et tâcha de trouver un biais pour détruire le jésuite, sans nuire à celle qu'elle chérissait. Elle lui fit connaître ce qu'elle savait d'elle, l'assura de ne rien faire à son préjudice, pourvu qu'elle lui promît de rompre entièrement avec ce religieux et de n'avoir pas à l'avenir la moindre communication avec lui. Virginie, toute honteuse de ce qu'elle apprenait, s'engagea à tout ce qu'on voulut, demandant seulement avec insistance que l'on conservât la réputation du jésuite, parce qu'il était impossible de nuire à l'un sans porter dommage à l'autre. Elle protesta qu'elle ne voulait plus le voir et que le billet qu'elle allait écrire pour lui donner avis de ne plus revenir serait le dernier qu'il recevrait d'elle. Ces conditions furent reçues de toutes deux, quoique avec peine. Elles embrassèrent Virginie, dont elles étaient devenues amoureuses, et dirent en la quittant qu'elles voulaient prendre la place du père et lier une étroite amitié avec elle.

Agnès. — Elle en était quitte à bon marché. Je crois qu'elle devait cette indulgence à sa beauté et à ses autres qualités, qui la rendirent sans doute aimable à son ennemie même.

Angélique. — Ce n'est pas encore ici la fin de notre histoire. Virginie écrivit donc promptement au père de Raucourt, et l'avertit par son billet de tout ce qui se passait et des conditions auxquelles elle s'était engagée pour sauver son honneur et le sien. Elle lui remontra le danger où il s'exposerait s'il revenait pour la voir, et lui fit connaître qu'il était même impossible qu'elle reçût de ses lettres s'il ne se servait d'une intrigue particulière pour éviter les surprises. Elle finissait par des protestations d'un amour constant et à l'épreuve de toutes les plus rudes attaques de la jalousie, et lui faisait espérer que le temps pourrait dissiper cet orage qui les menaçait et les rendre plus heureux que jamais. Je ne dis point avec quelle surprise le père la reçut et lut cette lettre. Ce fut un coup de foudre qui le frappa. Il vit qu'il n'était pas à propos d'y faire réponse et qu'il fallait céder au malheur qui s'opposait à sa bonne fortune dans le moment qu'il était près d'en jouir.

Trois semaines s'étaient déjà passées de ce veuvage lorsque Virginie, s'ennuyant de sa solitude, trouva, par une adresse merveilleuse, le moyen d'apprendre des nouvelles de son amant et de lui faire part des siennes. Elle feignit de s'être oubliée d'envoyer au père de Raucourt un bonnet carré qu'il lui avait donné à faire du temps de leurs familiarités passées. Sa rivale lui dit qu'elle eût à le lui remettre entre les mains et qu'elle le ferait tenir par une tourière. Cela fut fait. La messagère fut avertie de la manière qu'elle devait parler. Elle s'acquitta de sa commission de point en point, et le jésuite, après avoir reçu le bonnet, la pria d'attendre un moment dans l'église, afin d'avoir lieu de penser à ce qu'il voyait. Après un peu de réflexion, il se douta du stratagème, fit ouverture dans un endroit du bonnet, et y trouva une lettre de Virginie ; sans l'examiner beaucoup, il y fit promptement la réponse, qu'il plaça dans le même lieu, qu'il ferma le mieux qu'il put avec deux ou trois points d'aiguille. Il revint joindre la tourière, qu'il pria de reporter le bonnet afin qu'on le raccommodât, parce qu'il était de beaucoup trop étroit pour lui, qu'il l'avait fait essayer à plusieurs de la maison afin d'exempter la personne de la peine qu'elle aurait à le reformer, mais qu'il ne s'était trouvé aucun père à qui il fût propre ; qu'au reste il lui était fort obligé de la patience qu'elle avait eue d'attendre si longtemps. La bonne sœur répondit par ses révérences aux civilités du père et remporta le bonnet carré au monastère ; elle le remit, par l'ordre de celle qui l'avait envoyée, entre les mains de Virginie, qui fut ravie d'y apprendre des nouvelles de celui qu'elle aimait, et de son artifice, qui avait si bien réussi.

Agnès. — Il faut avouer que l'amour est bien inventif.

Angélique. — Ce commerce dura plus d'un mois. Il y avait toujours quelque chose à refaire à ce vénérable bonnet ; de trois jours l'un, il fallait le porter au collège et le rapporter au monastère. Personne ne s'imaginait néanmoins qu'il y eût rien de mystérieux dans une semblable chose ; on n'y prenait pas garde, et ils auraient pu encore se servir de ce postillon, sans l'accident qui le cassa aux gages.

Agnès. — Oh ! Dieu ! Je m'imagine que le pot aux roses fut découvert par la tourière.

Angélique. — Non, tu te trompes. Cela vint de ce qu'un jour de jeûne le portier des jésuites était de mauvaise humeur, pour n'avoir pas peut-être vidé sa roquille à l'ordinaire ; la tourière, qui avait une infinité de commissions, et entre autres celle du bonnet, sonna deux ou trois fois à la porte du collège pour se décharger au plus tôt de son message. Ce bon frère partit du jardin où il était, et étant arrivé hors d'haleine, pensant que ce fût quelque évêque ou archevêque, ou quelque autre grandeur qui eût ainsi sonné en maître, il fut bien surpris à la vue de la bonne sœur, qui n'avait rien autre chose à lui dire que de remettre le bonnet carré entre les mains du père de Raucourt. Ce demi-cuistre, rabattu par tant de visites qui ne lui plaisaient pas, s'emporta de colère et dit que ce bonnet-là se promenait trop souvent et qu'il le mettrait en la disposition d'un homme qui lui ferait faire un peu de retraite. La tourière, s'excusant du mieux qu'il lui fut possible, se retira ; le recteur, qui attendait un compagnon dans la porterie pour sortir, ayant entendu le dialogue, appela le frère et voulut apprendre le sujet du différend et pourquoi il traitait ainsi rudement les personnes qui avaient affaire à ceux de la maison. Celui-ci, se voyant chapitré de son supérieur, lui dit tout ce qu'il pensait de ce bonnet, l'assura qu'il avait déjà fait près de vingt tours et retours du collège au monastère, que, sans doute, il y avait quelque dessein caché dans ces manières et que, s'il plaisait à sa révérence, il visiterait cette pièce, qu'il disait de contrebande : ce qu'il fit à l'instant, et d'un coup de ciseaux il fit voir le jour au quinzième *enfant du bonnet carré,* qui venait en droite ligne de la sœur Virginie.

Agnès. — Oh ! Dieu ! Qu'une personne a de peine à se sauver quand un mauvais destin la poursuit et qu'il a juré sa perte ! Qu'arriva-t-il de tout cela ?

Angélique. — Il est arrivé que le père a été confiné dans une autre province, et que la pauvre Virginie a été mortifiée de quelques pénitences ; et c'est de là qu'est venu le proverbe : *qu'il y a bien de la malice sous le bonnet carré d'un jésuite.*

Agnès. — Ah ! Dieu ! C'était pour elle seule que j'appréhendais. Mais dis-moi comment cela vint à la connaissance de la prieure.

Angélique. — Je serais trop longtemps à t'entretenir de la même chose. Dans la première conversation qui succédera à ma retraite, je t'en dirai davantage sur ce sujet. Je te ferai voir deux enfants du bonnet carré et t'apprendrai le sort de leurs père et mère. Pense seulement à présent, ma plus chère, que je vais passer huit ou dix jours bien tristement, puisqu'il me sera défendu d'avoir la moindre conférence avec toi. Je vais écrire à trois de mes bons amis afin qu'ils te fassent visite pendant ce temps : il y a un abbé, un feuillant et un capucin.

Agnès. — Oh ! Dieu ! Quelle bigarrure ! Eh ! Que voulez-vous que je fasse avec tous ces gens-là, que je ne connais point ?

Angélique. — Tu n'as qu'à être obéissante : ils t'apprendront assez ce qui sera de ton devoir pour les satisfaire et pour te contenter, Tiens, voici un livre que je te prête ; fais-en un bon usage : il t'instruira de beaucoup de choses, et donnera à ton esprit toute la quiétude que tu peux souhaiter. Baise-moi, ma chère enfant, pour tout le temps que je serai sans te voir. Ah ! Que je passerais ma retraite avec bien du plaisir, si le directeur que j'aurai était aussi aimable et aussi docile que toi ! Adieu, mon cœur, habille-toi, tiens secrètes toutes nos amitiés, et te prépare à me faire le récit de tous tes divertissements, lorsque je serai sortie de mes exercices.

Second entretien
Sœur Angélique, Sœur Agnès

Angélique. — Ah ! Dieu soit loué ! Je commence à respirer. Jamais je n'ai été plus accablée de dévotions, de mystères et d'indulgences, que depuis que je t'ai quittée. Ah ! Que je suis rebutée de toutes ces superstitions ! Comment te portes-tu ? Tu ne me dis rien ? Qu'as-tu à rire ?

Agnès. — Je suis toute honteuse de paraître devant vous. Je m'imagine que vous savez déjà jusqu'aux moindres particularités de tout ce qui s'est dit et passé dans votre absence ?

Angélique. — Et de qui aurais-je pu l'apprendre ? Tu te railles bien de moi. Viens-t'en dans ma chambre, et songe par où tu commenceras à m'en faire un fidèle récit. Pour moi, je sors d'entre les mains d'un sauvage qui aurait mis au désespoir un esprit autrement tourné que le mien : je veux dire de mon directeur ; c'est l'homme le plus bourru et le plus ignorant de son caractère. Je crois qu'il m'a fait gagner toutes les indulgences et les pardons qui ont jamais été accordés par les papes, depuis Grégoire le Grand jusqu'à Innocent XI. Si je l'avais cru, je me serais mis le corps en sang par les disciplines qu'il m'a ordonnées : ce n'est pas que je lui aie fait montre de beaucoup de malice dans les confessions qu'il a entendues de moi ; mais c'est parce qu'il s'imagine que pour être dans le chemin du paradis, il faut être aussi sec, aussi maigre et aussi décharné que lui, et que c'est assez que d'être un peu agréable et d'avoir de l'embonpoint pour mériter toutes sortes de pénitences. Juge par là comme j'ai passé mon temps, et si je n'ai pas eu sujet de m'ennuyer.

Agnès. — Pour moi, je te dirai que tu m'as donné des directeurs qui ne m'ont guère moins fatiguée que le tien. Je ne sais pas si j'ai gagné avec eux des indulgences, mais je suis certaine que pour les gagner, beaucoup de personnes n'en font pas tant que nous en avons fait.

Angélique. — Je n'en doute point. Mais dis-moi un peu des nouvelles de notre abbé, et m'apprends s'il est capable de quelque chose.

Agnès. — Ce fut lui que je vis le premier, et en qui j'ai trouvé le plus de feu : il n'y a rien de plus animé, et il y a plaisir à l'entendre discourir. J'étais à la récréation d'après le dîner lorsqu'on vint m'avertir qu'il me demandait. Comme je savais que madame était indisposée, je lui fis dire par la portière qu'il allât au grand parloir, et qu'il ne s'impatientât pas. Je le fis bien attendre un bon quart d'heure, parce que je changeai de voile et de guimpe, afin de paraître devant lui un peu proprement, et de tâcher à répondre à l'espérance qu'il avait de voir une personne dont on lui avait fait le portrait si avantageusement. A son abord, je fis semblant de paraître un peu interdite, répondant fort sérieusement aux civilités qu'il me faisait ; mais cela ne le démonta point ; au contraire, il prit de là occasion de me dire fort hardiment qu'il savait qu'il était permis aux belles de parler d'un air indifférent, qu'il serait malséant à d'autres, mais qu'il avait lieu d'espérer que, se présentant à la faveur de ma meilleure amie, sa visite ne pourrait m'être qu'agréable.

Angélique. — Il passe pour avoir de l'esprit, et on peut dire que ses grands voyages, accompagnés de beaucoup d'expérience, ont ajouté à ses avantages naturels toute la perfection qui lui manquait.

Agnès. — Je ne sais point ce que tu lui as dit de moi, mais je trouve qu'il s'avançait beaucoup pour une première visite. Il tourna la conversation sur l'austérité des maisons religieuses, et tâcha de me persuader, par une infinité de raisons, de ne point suivre le zèle indiscret de la plupart, traitant de ridicules toutes celles qui mettaient sottement en usage toutes sortes de mortifications. Il me fit rire par le récit naïf de ce qui lui était arrivé en Italie avec une religieuse de saint Benoît, de l'adresse dont il se servit pour la voir aussi souvent qu'il souhaitait, et comme enfin il en reçut les faveurs qui devaient être le fruit de ses assiduités. Il m'assura que, devant cette habitude, il avait toujours cru qu'il n'y avait que chez les religieuses que la chasteté réfugiée se conservât, et qu'il s'était toujours persuadé que ces âmes recluses vivaient dans une continence aussi parfaite que celle des anges ; mais qu'il avait bien reconnu le contraire, et que, comme rien de parfait ne se gâte médiocrement, et qu'une chose conserve dans sa corruption le même degré qu'elle avait en sa bonté, il avait remarqué qu'il n'y avait rien de plus dissolu que toutes les recluses et bigotes lorsqu'elles trouvaient l'occasion de se divertir. Il me montra un certain instrument de verre qu'il avait reçu de celle dont je t'ai parlé, et m'assura qu'il avait appris d'elle qu'il y en avait plus de cinquante de la sorte dans leur maison, et que toutes, depuis l'abbesse jusqu'à la dernière professe, le maniaient plus souvent que leurs chapelets.

Angélique. — Voilà qui est bien. Mais tu ne me dis rien pour ce qui te regarde.

Agnès. — Que veux-tu que je te dise ? C'est l'homme du monde le plus badin. A la seconde visite qu'il me fit, je ne pus me dispenser de lui accorder quelque grâce. Il opposa à toutes mes raisons une morale si forte et si artificieuse, qu'il rendit tous mes efforts inutiles. Il me fit voir trois lettres de notre abbesse qui m'assuraient que, quelque chose que je fisse, je ne pouvais marcher que sur ses pas. Elle a passé des nuits entières avec lui, et ne le traite dans ses billets que d'abbé de Beaulieu. Je lui représentai que la grille était un obstacle insurmontable, et qu'il fallait de nécessité qu'il se contentât de légères badineries, puisqu'il était impossible d'aller plus avant. Mais il me fit bien connaître qu'il était plus savant que moi, et me fit voir deux planches qui se levaient, une de son côté et l'autre du mien, et qui donnaient passage suffisant pour une personne. Il me dit que c'était par son conseil que madame avait fait disposer cela de la sorte, qu'elle l'avait nommé le détroit de Gibraltar, et qu'elle lui disait, un jour, qu'il ne fallait pas se hasarder à le passer sans être bien muni de toutes choses nécessaires, particulièrement si on avait dessein de s'arrêter aux colonnes d'Hercule. Après donc plusieurs contestes de part et d'autre, l'abbé passa le détroit et arriva au port, où il fut reçu, mais ce ne fut pas sans peine, et seulement après qu'il m'eut assurée que son entrée n'aurait point de mauvaises suites. Je lui permis autant de séjour qu'il en fallait pour le rendre heureux ;

c'était le septième du mois d'août, qui était un jour que madame avait coutume d'employer dans de grandes cérémonies, mais que son indisposition l'avait obligée à remettre jusqu'au mois prochain ce qu'elle observait ordinairement dans celui-ci. Il me dit qu'elle avait créé, la seconde année qu'elle fut abbesse, un ordre de chevalerie, qui n'était composé que de prêtres, de moines, d'abbés, de religieux et de personnes ecclésiastiques ; que ceux qui étaient admis faisaient serment de garder le secret de l'ordre, et s'appelaient les chevaliers de la Grille ou de Saint-Laurent ; que le collier qui leur était donné le jour de leur réception était composé des chiffres de madame, entrelacés dans des lacs d'amour, et qu'au bas pendait une médaille d'or, représentant le patron de l'ordre, couché tout nu sur une grille, au milieu des flammes, avec ces paroles : Ardorem craticula fovet ; c'est-à-dire : La grille augmente mes feux. Il me montra le collier qu'il avait reçu, et après quelques présents qu'il me fit de livres curieux, nous nous séparâmes l'un et l'autre jusqu'à une nouvelle entrevue.

Angélique. — Tu ne m'as rien appris de nouveau touchant l'ordre établi par madame. M. l'évêque de *** en est le premier chevalier, l'abbé de Beaumont le second, l'abbé du Prat le troisième, le prieur de Pompierre le quatrième ; voilà les principaux et les premiers en date. Ils sont suivis de jésuites, de jacobins, augustins, carmes, feuillants, pères de l'Oratoire, et du provincial des cordeliers. Tellement qu'à la dernière promotion qui se fit l'an passé, le nombre était de vingt-deux. Mais il est à remarquer qu'il y a beaucoup de différence entre eux et qu'ils ne peuvent jouir tous de pareils privilèges. Il y en a qui s'appellent les cordons bleus, et ce sont ceux qui sont tout-puissants qui ont le secret de l'ordre et qui disposent des affaires de madame, comme madame conduit les leurs. Pour ce qui est des autres, leur pouvoir est limité ; il y a des bornes qu'ils ne peuvent passer, et ils n'ont guère plus d'avantage que les aspirants, jusqu'à ce que par leur zèle, leur prudence et leur discrétion, ils se soient rendus dignes d'être de la grande profession. De tous les moines, les seuls capucins en sont exclus, parce que cette barbe, qui les déguise tant, les a rendus odieux à notre abbesse, qui dit qu'elle ne peut s'imaginer qu'une personne du sexe puisse vouloir du bien à ces satyres. Mais, à propos, dites-moi des nouvelles du père Vital de Charenton.

Agnès. — Je n'aurais jamais cru, aussi bien que madame, qu'un capucin eût été capable d'une galanterie, si celui-là ne m'en eût persuadée par sa conduite. Il me vint voir trois jours après notre abbé ; nous allâmes dans le parloir de Saint-Augustin, et ce fut là où il me débita plus de fleurettes que je n'en aurais pu attendre d'un courtisan de profession. Il parla, au reste, si hardiment que j'avais honte d'entendre sortir de la bouche d'un homme dont l'habit et la barbe ne prêchaient que la pénitence, des paroles au commencement peu libres, mais dans la fin les plus dissolues que le plus grand débauché puisse mettre en usage. Je ne pus m'empêcher de lui en marquer mon étonnement, et de lui faire connaître qu'il y avait de l'excès dans ses transports : ce qui fit qu'il y apporta un peu de modération. Il m'a rendu trois visites pendant ta retraite, et, à la dernière, il obtint peu de chose de moi, parce que le parloir où nous étions n'avait pas les commodités de l'autre. Je te dirai seulement qu'il m'apprêta bien de quoi rire, en ce qu'ayant par ses efforts ébranlé une barre de fer de la grille, et croyant s'être fait un chemin assez large pour y passer, il s'y hasarda malgré moi, mais il n'en put venir à bout, d'autant qu'ayant passé la tête et une des épaules avec bien de la difficulté, son capuchon s'accrocha à une des pointes du dehors, tellement qu'il avait beau se remuer, il ne pouvait se débarrasser de ce piège. Je ne le pouvais contempler dans cette posture sans éclater de rire. Je le fis promptement repasser de son côté, et lui fis remettre la grille dans son premier état. Il me donna trois ou quatre livres dont il m'avait parlé dans sa première visite, et se retira mal satisfait de son aventure.

Angélique. — Je suis fâchée de ce désordre ; car sans doute cela l'aura rebuté.

Agnès. — Rebuté, bon Dieu ! Vraiment, c'est bien un homme à se rebuter ! Il n'y a rien de plus effronté que lui : oh ! Il sera ici avant la fin de la semaine ; il m'a promis le Recueil des amours secrètes de Robert d'Arbrissel. Il m'en commença l'histoire : mais je la crois fausse et controuvée à plaisir.

Angélique. — Tu te trompes ; il n'y a rien de plus véritable, et plusieurs graves auteurs écrivent qu'il avait coutume de coucher avec ses religieuses afin de les éprouver, et de remarquer en même temps, dans sa personne, jusques où pouvaient aller les forces de la vertu qui combat les tentations de la chair. Il croyait beaucoup mériter par là, et c'est ce qui a donné lieu à Godefroid de Vendôme de traiter cette dévotion de plaisante et de ridicule dans une lettre qu'il écrit à saint Bernard, où il appelle cette ferveur un nouveau genre de martyre. Cela a empêché jusques à présent que cet homme n'ait été mis au rang des saints par la cour de Rome. On le traite néanmoins de bienheureux.

Agnès. — Il faut avouer qu'il y a bien des abus qui se pratiquent dans notre religion, et je ne suis plus surprise de ce que tant de peuples s'en sont séparés, pour s'attacher littéralement aux Écritures. Le père feuillant que je vis pendant la retraite me fit remarquer visiblement tous les endroits défectueux du gouvernement présent, pour ce qui regarde la religion. C'est un homme qui, pour sa jeunesse (car il n'a que vingt-six ans), possède toutes les sciences qui peuvent rendre une personne accomplie, de quelque caractère qu'elle soit. Il parle universellement de toutes choses, mais avec un air dégagé et qui n'a rien de pédantesque.

Angélique. — Je vois bien qu'il te plut. Il est bien fait et beau garçon. Pour moi je ne l'appelais que mon Grand Blanc. En quel parloir le vis-tu ?

Agnès. — Je l'ai vu deux fois. La première, ce fut dans le parloir de Saint-Joseph, et, la dernière, dans celui de madame.

Angélique. — Bon, bon ! C'est-à-dire qu'il passa le détroit. Il le mérite bien, et il y a plaisir à lui voir faire son personnage.

Agnès. — Il me donna deux petites fioles d'essences qui ont une odeur merveilleuse. Il était parfumé depuis les pieds jusques à la tête, et avec un vermeil si animé, que je le soupçonnai d'abord de s'être servi du petit pot ; mais je reconnus le contraire dans la suite et vis que le rouge ne procédait que de l'ardeur de sa passion et de ce qu'il avait le poil fraîchement fait. Son entretien et ses badineries me plurent infiniment et je n'eus pas de peine à lui accorder le passage que j'avais tant disputé à notre abbé. Je lui représentai seulement qu'il y avait sujet de craindre que les sottises que nous faisions tous deux ne fussent suivies d'une troisième.

« Je vous entends », reprit-il. Il tira en même temps un petit livre de sa poche, qu'il me donna ; il avait pour titre : *Remèdes doux et faciles contre l'embonpoint dangereux.* Il me dit qu'il m'apprendrait ce que j'aurais à faire dans une pareille occasion. Il me mit dans la bouche un morceau de conserve, que je ne trouvai point de mauvais goût ; je ne sais pas si elle renfermait quelque vertu secrète, mais aussitôt il se mit en état d'arriver aux colonnes d'Hercule.

Angélique. — C'est-à-dire que le Grand Blanc gagna ton cœur.

Agnès. — Assurément qu'il le partagea avec l'abbé. Je ne puis te dire à qui je pourrais donner la préférence. Une seule chose me choqua dans le feuillant, c'est que, lui ayant vu au col un reliquaire de vermeil doré, qu'il portait sur son cœur, j'eus la curiosité de l'ouvrir ; mais je fus bien surprise de ne rien trouver autre chose que des cheveux et du poil de différentes couleurs, divisés dans des compartiments figurés et très bien faits. Il m'avoua que c'était là des faveurs de toutes ses maîtresses et me pria de favoriser aussi sa dévotion, que le plus bel endroit servirait à placer ce que je lui ferais la grâce de lui accorder. Que veux-tu ? Je le satisfis. J'oubliais de te dire qu'il y avait en caractères d'or cette inscription au milieu d'un cristal qui couvrait toute cette belle marchandise : *Reliques de sainte Barbe.* Sur le dessus du reliquaire, on voyait gravé un Cupidon sur un trône, et le quidam prosterné à ses pieds, avec ces paroles que j'ai bien retenues, quoiqu'elles soient latines : *Ave lex, jus, amor.* Je le blâmai de cette irrévérence, que je traitai d'impiété ; mais il ne fit que d'en rire et dit qu'il ne pouvait refuser ces cultes à celles qui méritaient toutes sortes d'adorations, et que si je savais déchiffrer sept autres lettres, qui étaient de l'autre côté, je ferais bien plus d'exclamations. En effet, ayant regardé, je vis les sept lettres suivantes : A.C.D.E.D.L.G. Il ne voulut jamais m'en donner l'intelligence, quelque instance que je pusse faire. Je fis semblant d'en être fâchée : mais il s'aperçut bien que je ne lui voulais pas grand mal : c'est pourquoi il m'embrassa de nouveau, et nous prîmes congé l'un de l'autre.

Angélique. — Je suis ravie, ma chère enfant, que toutes choses soient allées selon mes souhaits ; ce n'est qu'un échantillon de ce que je veux faire pour toi, et je te ménagerai la connaissance d'un jésuite à qui, sans doute, tu donneras le prix, et tu avoueras qu'il aura emporté l'avantage sur tous les autres. Mais il est jaloux de ses habitudes jusqu'à l'excès : c'est l'unique défaut que tu pourras trouver en lui. Au reste, bel homme, galant, beau parleur, et qui n'ignore rien de ce qui peut venir à la connaissance d'une personne.

Agnès. — Cette imperfection est assez grande pour que je ne puisse pas m'accommoder avec lui.

Angélique. — Eh ! Pourquoi ? Tu auras bien de la peine à trouver un homme qui aime véritablement et qui ne soit pas jaloux. Je me souviens d'avoir connu un bénédictin qui croyait que toutes les religieuses de saint Benoît ne pouvaient en voir d'un autre ordre sans injustice et qu'elles dérobaient à lui et à ses confrères toutes les faveurs qu'elles accordaient aux capucins. Et voici comme il raisonnait :

« On ne peut pas douter que les hommes qui sont en religion ne soient sujets aux mêmes passions et mouvements que ceux qui sont dans le monde. C'est dans cette vue, disait-il, que les fondateurs des ordres, qui étaient fort éclairés, n'ont point élevé de cloîtres pour ceux de leur sexe, qu'ils n'en aient en même temps bâti pour les filles, afin que, sans avoir recours aux étrangers, ils pussent les uns et les autres se soulager de temps en temps de la rigueur de leurs vœux. Dans les commencements, cela se pratiquait selon l'intention des instituteurs, ce qui faisait qu'il n'y avait aucun scandale, mais à présent, ces lieux se sentent de la corruption générale. On voit sans peine le bernardin avec la jacobine, le cordelier avec la bénédictine, et de cette confusion horrible il ne peut naître que des monstres. »

Agnès. — Cette pensée était assez plaisante.

Angélique. — « Hélas ! s'écriait-il, que diraient tous ces saints fondateurs à la vue de tant d'adultères, s'ils revenaient sur la terre ? Que de foudres, que d'anathèmes ils fulmineraient contre leurs propres enfants ! Saint François ne renverrait-il pas les capucins aux capucines, les cordeliers aux cordelières ? Saint Dominique, saint Bernard et tous les autres ne remettraient-ils pas tous ces dévoyés dans le premier chemin de leurs règles et de leurs constitutions ? C'est-à-dire les jacobins aux jacobines, les feuillants aux feuillantines ? »

— Mais que deviendraient les jésuites et les chartreux ? lui dis-je ; car saint Ignace ni saint Bruno n'ont point dressé de règles pour le sexe.

— Oh ! Que cet Espagnol, reprit-il, y a bien pourvu ! Il a fait cela exprès, afin qu'ils eussent lieu d'aller impunément partout, outre que, suivant sa fantaisie, qui était un peu pédéraste, il les a mis dans des emplois où ils trouvent parmi la jeunesse des moments de satisfaction qu'ils préfèrent à tous les divertissements des autres.

« Pour les chartreux, continua-t-il, comme la retraite leur est étroitement ordonnée, ils cherchent dans eux-mêmes le plaisir qu'ils ne peuvent pas aller prendre chez les autres, et par une guerre vive et animée ils viennent à bout des plus rudes tentations de la chair. Ils réitèrent le combat tant que leur ennemi leur fait de la résistance ; ils y emploient toute leur vigueur et nomment ces sortes d'expéditions *la guerre de cinq contre un.* »

Eh bien ! le disciple de saint Benoît ne parlait-il pas savamment ?

Agnès. — Assurément, j'aurais plaisir à l'entendre.

Angélique. — Il n'y a rien de plus certain que si cela se pratiquait et que si, dans le désordre même, on suivait quelque règlement, tout en irait mieux. Il y a un an qu'une jeune religieuse n'aurait pas été si malheureuse qu'elle l'a été depuis, si elle eût fait avec le provincial de son ordre ce qu'elle fit avec celui d'un autre. Tu as peut-être entendu parler de la sœur Cécile et du père Raymond ?

Agnès. — Non ; apprends-moi ce que tu en sais.

Angélique. — La sœur Cécile est une religieuse de l'ordre de saint Augustin, et le père Raymond était pour lors provincial des jacobins. Je ne te dirai point de quelle manière il s'insinua dans l'esprit de cette innocente, qui avait été inaccessible à tout autre auparavant ; mais tu sauras seulement qu'il se l'acquit tellement que jamais amitié n'a été plus étroite, et ils ne pouvaient être un moment sans se voir ou sans recevoir des nouvelles l'un de l'autre. On s'aperçut dans la communauté de cet engagement, et le provincial augustin qui gouvernait cette maison, en ayant eu avis, fut au désespoir, parce que jamais il n'avait pu rien faire auprès d'elle, quoiqu'il eût tâché par toutes sortes de moyens de la corrompre. C'était la plus belle du monastère. Étant ainsi choqué au vif, il écrivit à la supérieure et lui donna ordre d'avoir les yeux sur les comportements de Cécile. Il fut facile à cette gardienne de découvrir bientôt quelques sottises, parce que personne ne se tenait sur ses gardes ; ce n'était néanmoins que des badineries, mais c'en était toujours assez pour donner lieu à un jaloux, qui avait le pouvoir en main, de maltraiter une pauvre religieuse. Il n'en forma pourtant pas le dessein, mais se proposa de se servir de cette occasion pour avoir d'elle ce qu'il n'en avait pu obtenir auparavant. Il lui écrivit à elle-même, afin de ne point éclater, et lui défendit la grille jusqu'à son arrivée. Il était éloigné de vingt lieues.

Agnès. — Mais pouvait-on produire des preuves contre elle qu'elle eût fait quelque chose de notable ?

Angélique. — Oh ! Qu'on sait bien le moyen d'en trouver, n'en fût-il point, quand on a dessein de perdre une personne ! Mais tout le mal ne vint que de ce qu'elle fut mal conseillée. Le provincial étant donc arrivé, lui dit que c'était sur les informations qu'il avait eues de sa mauvaise conduite qu'il s'était transporté sur les lieux ; que c'était une chose honteuse qu'une jeune religieuse comme elle s'abandonnât à des actions qui ne pouvaient être nommées pour leur infamie, et qu'il avait bien du déplaisir de se voir obligé à en faire une punition exemplaire. Cécile, qui n'était coupable devant les hommes que de quelques badineries, comme regards et attouchements, dit qu'il était vrai qu'elle avait vu fort souvent le père Raymond dont on lui parlait, mais qu'elle n'avait rien fait avec lui qui méritât une notable appréhension ; qu'elle lui avait donné son congé aussitôt qu'elle en avait reçu les ordres, et qu'elle avait fait voir par là qu'il n'y avait rien de fort étroit dans cet engagement. Le provincial, pour arriver à son but, changeant de discours, lui parla dans des termes plus doux qu'auparavant, et lui représenta que, s'il lui arrivait quelque mortification, elle en serait elle-même la cause ; qu'elle pouvait remédier au désordre qu'elle avait causé, et qu'il lui était très facile de se parer des corrections rigoureuses qui ne pouvaient lui manquer, si elle se servait des avantages qu'elle possédait. Il la prit en même temps par la main, qu'il lui serra amoureusement, en la regardant avec un sourire qui devait lui faire connaître la disposition du cœur de son juge.

Agnès. — Ne se servit-elle pas de ce qu'elle pouvait avoir d'engagement pour se tirer du danger où elle était ?

Angélique. — Non ; elle prit une conduite tout opposée à celle qu'elle devait suivre : elle s'imagina que c'était pour l'éprouver que son provincial lui parlait de la sorte, et qu'il n'avait point d'autre dessein que de juger par sa faiblesse de ce qu'elle avait été capable de faire avec l'autre. Sur ce mauvais fondement, elle ne répondit à celui qui brûlait d'amour pour elle que par des froideurs et des paroles plus qu'indifférentes, qui changèrent le cœur de ce passionné et qui d'un tendre amant en firent un juge implacable. Il procéda donc selon les formes à l'instruction du procès de Cécile ; il reçut les dépositions que la jalousie et la flatterie mirent dans la bouche de plusieurs de ses compagnes, et condamna cette pauvre enfant à être fouettée jusqu'au sang, à jeûner dix vendredis au pain et à l'eau, et à être exclue du parloir pendant six mois ; tellement qu'on peut dire qu'elle fut punie pour avoir été trop sage et pour ne s'être pas laissé corrompre à la brutalité de son supérieur.

Agnès. — Oh ! Dieu ! Que cela me touche ! Je regarde cette pauvre religieuse comme une innocente victime, immolée à la rage d'un furieux, et je ne fais point de différence entre elle et les onze mille vierges.

Angélique. — Tu as raison, car on dit que celles-ci furent égorgées pour n'avoir pas voulu satisfaire la passion d'un homme, et celle-là n'a été outragée que par la même raison. Comme il n'y a point d'animal au monde plus luxurieux qu'un moine, il n'en est point aussi de plus malin et de plus vindicatif lorsqu'on méprise son ardeur. J'ai lu sur ce sujet une histoire d'un maudit capucin, dans un livre qui avait pour titre *le Bouc en chaleur.* Mais, à propos, dis-moi un peu quels sont les livres que tu as reçus pendant ma retraite ?

Agnès. — Très volontiers ; il y en a d'assez plaisants. En voici le catalogue :

La Chasteté féconde, nouvelle curieuse.

Le Passe-Partout des jésuites, pièce galante.

La Prison éclairée, ou *l'Ouverture du petit guichet,* le tout en figures.

Le Journalier des feuillantines.

Les Prouesses des chevaliers de Saint-Laurent.

Règles et statuts de l'abbaye de Cogne-au-Fond.

Recueil des remèdes contre l'embonpoint dangereux, composé pour la commodité des dames religieuses de Saint-Georges.

L'Extrême-Onction de la virginité mourante.

L'Orviétan apostolique composé par les quatre mendiants, ex præcepto Sanctissimi.

Le Coupe-Cul des moines.

Le Passe-Temps des abbés.

La Guerre des chartreux.

Les Fruits de la vie unitive.

Je crois, si je ne me trompe, que je n'en oublie aucun dans cette liste. J'ai déjà fait la lecture de cinq ou six qui m'ont infiniment plu.

Angélique. — Certes, ils t'ont fait présent d'une bibliothèque tout entière. Si le dedans répond au dehors, comme je n'en doute point, ces livres doivent être fort divertissants. Tu as là de quoi perfectionner ton esprit et te rendre telle que tu dois être, c'est-à-dire universelle en toutes sciences : car il en est qui, au milieu de beaucoup de lumière, conservent encore des doutes qui leur font quelquefois de la peine, et dont les suites sont souvent dangereuses. Je te veux dire une histoire sur ce sujet, qui est arrivée dans l'abbaye de Chelles.

Agnès. — Il faut que vous ayez des intrigues merveilleuses pour apprendre tout ce qui se passe de plus secret dans tous les monastères.

Angélique. — Tu sauras que l'abbesse de cette maison, étant d'un naturel fort chaud, avait coutume de prendre le bain tous les étés pendant quelques semaines. Il était dressé selon l'ordonnance de son médecin, qui, pour le faire trouver meilleur, prescrivait une règle et une méthode particulière à observer, sans laquelle il devait être inutile. Il fallait, le soir de la veille qu'on le devait prendre, le préparer entièrement et laisser reposer l'eau toute la nuit jusqu'au lendemain, qu'on pouvait à certaines heures se mettre dedans. Les odeurs et les essences n'y étaient point épargnées, on les y répandait avec profusion, et tout ce qui pouvait flatter la sensualité de madame entrait dans sa composition.

Agnès. — Ce sont les médecins, qui par une fausse complaisance, entretiennent ainsi le faible des personnes.

Angélique. — Quoi qu'il en soit, une jeune religieuse de la maison, appelée sœur Scolastique, et de l'âge de dix-huit ans, voyant tous ces grands préparatifs pour madame et s'apercevant que le bain était en état dès le soir, forma le dessein, tant pour se soulager de l'incommodité de la saison que de sa chaleur intérieure, qui n'était pas médiocre, de se servir de l'occasion et de faire tous les soirs l'épreuve de ce salutaire *lavabo*. En effet, elle n'y manqua pas pendant huit jours et trouva que cela donnait du lustre à son embonpoint et qu'elle en reposait mieux. Elle sortait de sa chambre sur les neuf heures, et presque nue, en chemise, s'en allait dans le lieu où tout était disposé : elle se défaisait bientôt de sa jupe et de sa chemise, et ainsi toute nue se mettait dans la cuve, où elle se nettoyait et se frottait de tous côtés, d'où elle sortait après aussi nette, aussi pure qu'était Eve dans le paradis terrestre durant l'état de son innocence.

Agnès. — Ne fut-elle point découverte ?

Angélique. — Tu l'apprendras présentement. Un soir que Scolastique se rafraîchissait à l'ordinaire, une ancienne qui n'était pas encore endormie, ayant entendu marcher dans le dortoir à une heure que, selon la coutume, toutes les religieuses devaient être retirées, sortit de sa chambre et après avoir cherché inutilement la personne qu'elle avait entendue, elle entra dans le lieu où l'on prenait le bain, et elle y aperçut aussitôt, au clair de lune, une religieuse toute nue qui s'essuyait avec une serviette, étant prête à reprendre sa chemise. La bonne vieille, pensant que c'était l'abbesse, se retira promptement en demandant excuse de s'être ainsi avancée. Scolastique, qui ne répondit rien, connut bien que cette bonne mère s'était trompée, et l'avait prise pour une autre. Elle s'en alla, après avoir donné le temps à l'autre de se retirer, et ne pensa plus à y revenir une autre fois, de crainte d'être découverte.

Agnès. — Est-ce là où tout se termina ?

Angélique. — Non. Les fesses de la pauvre Scolastique en auraient été bien aises.

Agnès. — Comment ! Cette belle enfant reçut-elle quelque déplaisir ?

Angélique. — La vénérable mère dont je t'ai parlé, ayant réfléchi le matin sur ce qu'elle avait vu le soir précédent, crut qu'il était à propos d'aller trouver madame, et de lui faire des excuses particulières de sa rencontre, qu'elle aurait pu attribuer à une mauvaise curiosité : ce qu'elle fit malheureusement. Cela surprit tout à fait l'abbesse, et lui fit croire qu'elle n'avait eu que les restes et les égouts de quelque infirme de sa communauté. Elle en parla le lendemain dans son chapitre, et commanda, en vertu de *sainte obédience,* à celle qui s'était mise dans le bain de le déclarer ; mais pas une de la compagnie ne parla. Scolastique n'était pas des plus scrupuleuses et avait de l'esprit ; c'est pourquoi elle se tut. Ce silence général mit l'abbesse au désespoir. Elle cria, elle fulmina, elle menaça tout le monde, mais inutilement. Enfin, par le conseil d'un moine, elle pratiqua un plaisant stratagème. Elle fit assembler toutes ses religieuses, et leur représenta qu'il y en avait une d'entre elles excommuniée, et dans l'état de damnation, pour n'avoir pas révélé ce qui lui avait été commandé de dire *en vertu de sainte obédience ;* qu'un saint et savant homme lui avait donné un moyen sûr et infaillible de la découvrir, mais qu'elle lui permettait encore de parler, et d'éviter par ce moyen les rudes pénitences qu'elle s'attirerait par sa désobéissance formelle.

Agnès. — Oh ! Dieu ! Que dans cet embarras je crains pour la pauvre Scolastique ; car tous les conseils des moines sont toujours pernicieux.

Angélique. — Madame, voyant que cette dernière contrainte avait été sans effet, suivit l'avis qui lui avait été donné. Elle fit parer une table, dans une chambre, d'un drap mortuaire ; elle fit mettre au milieu un calice de la sacristie. Cela étant ainsi disposé, elle commanda à toutes ses filles d'entrer l'une après l'autre dans ce lieu, et de toucher avec la main le pied du vase sacré (c'est ainsi qu'elle parlait) qui était exposé sur la table ; que par ce moyen elle connaîtrait celle qui s'était jusque-là tenue cachée, parce qu'elle n'aurait pas plutôt mis les doigts sur cette coupe sacrée, que la table tomberait par terre, et découvrirait, par une vertu secrète d'en haut, celle qui serait la coupable. Cela se fit sur les neuf heures du soir, et dans l'obscurité. Elles entrèrent donc toutes dans cette chambre et touchèrent le pied du calice avec la main. Scolastique fut l'unique qui n'osa le faire, de crainte d'être décelée, et toucha seulement le tapis. Après quoi elle se retira avec les autres dans une seconde chambre qui était aussi sans lumière, d'où l'abbesse les fit venir à elle l'une après l'autre quand toute la cérémonie fut faite. Or il est à remarquer qu'elle avait noirci le pied du calice avec de l'huile et du noir de fumée, tellement qu'il était impossible d'y toucher sans en porter les marques. Ayant donc allumé une chandelle dans la chambre où elle était, elle considéra les mains de toutes ces religieuses et reconnut que toutes avaient touché la coupe, excepté Scolastique, qui n'avait aucune noirceur aux doigts, comme les autres de la communauté. Cela lui fit juger que c'était elle qui avait fait la faute. Cette pauvre innocente, se voyant ainsi trompée par un faux artifice, eut recours aux larmes et aux excuses, et elle en fut quitte pour une couple de disciplines, qu'elle reçut devant toute la compagnie. Eh bien ! Ce fut seulement cet extérieur de religion, dont on se servait avec impiété, qui lui fit peur, et si elle avait fait un peu de réflexion sur l'impossibilité qu'il y avait de la découvrir par un si ridicule artifice, elle n'aurait pas été découverte.

Agnès. — Il est vrai ; mais l'abbesse devait pardonner à sa beauté et à sa jeunesse.

Angélique. — Elle le pouvait, mais elle ne le fit pas, et même j'ai ouï dire que la première discipline qu'elle lui ordonna dura près d'un quart d'heure. Juge de là en quel état pouvaient être les fesses de cette belle enfant !

Agnès. — Elles étaient sans doute à peu près comme les miennes, lorsque je te les fis voir. S'il ne dépendait que de moi, je condamnerais à de perpétuelles galères le maudit conseiller de l'abbesse, et si cela m'était ainsi arrivé, je dresserais tant d'embûches à ce moine, par le moyen de quelques amies du dehors, que je le ferais repentir de son stratagème.

Angélique. — Crois-tu que s'il eût pensé que Scolastique eût dû être châtiée pour cela, il y aurait servi ? Non : il s'imaginait, aussi bien que l'abbesse, que c'était quelque vieille ou quelque infirme qui avait été surprise ; et c'est ce qui faisait mal au cœur à madame de s'être, comme elle croyait, lavée dans les ordures de telles personnes.

Agnès. — Pour moi, je crois qu'elle fut soulagée quand elle connut que c'était Scolastique qui s'était mise dans son bain, parce qu'on ne se dégoûte pas d'une jeune fille propre et bien faite comme tu me l'as représentée. La pénitence qu'elle reçut me fait penser à celle de Virginie et aux enfants du bonnet carré des jésuites.

Angélique. — Il faut que je t'en fasse voir deux que j'ai dans ma cassette : il y en a un du père de Raucourt, et l'autre de Virginie. Tiens, fais la lecture de celui-ci.

Agnès. — Voici quasi un caractère de fille : tout en paraît négligé :

« Ah ! Dieu ! Ma chère enfant, que ce commerce de lettres commence à m'ennuyer ! Il ne fait qu'augmenter mes feux, et il ne les soulage aucunement ; il m'apprend que Virginie me veut du bien, mais il me marque aussitôt qu'il m'est impossible d'en jouir : Ah ! Que ce mélange de douceur et d'amertume cause d'étranges mouvements dans un cœur fait comme le mien ! J'avais bien ouï dire que l'amour donnait quelquefois de l'esprit à ceux qui en étaient dépourvus, mais je ressens chez moi un effet tout contraire, et je puis dire, avec vérité, qu'il m'ôte ce qu'il présente aux autres. Plusieurs s'aperçoivent de ce changement mais ils en ignorent la cause. Je prêchai hier chez les religieuses de la Visitation : jamais je n'y ai été plus animé. Je devais, conformément à mon sujet, entretenir la compagnie de la mortification et de la pénitence, et je n'ai parlé dans tout mon discours que d'affections, que de tendresse, que de saillies et de transports. C'est vous, Virginie, qui causez tout ce désordre. Prenez donc compassion de mon égarement et travaillez à trouver promptement le moyen de me remettre dans mon bon sens. Adieu. »

Angélique. — Eh bien ! Agnès, que dis-tu de cet enfant fait à la hâte ?

Agnès. — Je le trouve digne de son père, et capable, tout nu qu'il est d'habit et d'ornement, de se conserver non seulement un cœur qu'il possède, mais même d'y exciter de nouveaux mouvements.

Angélique. — Tu as raison ; car en amour le plus négligé est toujours le plus persuasif, et souvent toute l'éloquence d'un orateur ne pourrait faire naître dans une âme ces doux transports qui ne sont que les effets d'un terme peu relevé, mais expressif. C'est une vérité dont je puis rendre témoignage, puisque je l'ai éprouvée plusieurs fois dans moi-même. Mais voyons un peu si Virginie s'exprime aussi bien que son amant.

Agnès. — Donne-moi la lettre, que j'en fasse la lecture.

Angélique. — Tiens, la voilà : c'est plutôt un billet qu'une lettre, car le tout n'est composé que de cinq ou six lignes.

Agnès. — Son caractère n'est guère différent du mien :

« *Ah ! Que vous êtes artificieux dans vos paroles et que vous savez bien troubler le peu de repos qui reste à une innocente qui vous aime ! Pouvez-vous avec raison me demander si je pense à vous ? Hélas ! Mon cher ; consultez-vous vous-même, et croyez que nous ne pouvons tous deux être animés d'une même passion, sans ressentir de pareilles atteintes. Adieu ; songez à la rupture de nos chaînes : l'amour me rend capable de toute entreprise. Ah ! Qu'il me cause de faiblesse ! Adieu.* »

Angélique. — N'est-il pas vrai que tu trouves ce billet bien plus tendre que la lettre ?

Agnès. — Assurément ; on peut dire qu'il est tout cœur, et que deux ou trois périodes expriment autant la disposition de l'âme d'une amante que le feraient deux pages d'un roman.

Mais je ne vois pas que ce soit une réponse à celle que nous avons lue du père de Raucourt.

Angélique. — Non, ce n'en est pas une ; c'est celle d'une autre qu'on ne m'a pas envoyée.

Agnès. — Le malheur de ces deux pauvres amants me touche ; surtout je porte une extrême compassion aux déplaisirs de Virginie ; car sans doute elle passe le temps à présent dans beaucoup de chagrin, et mène une vie bien ennuyeuse.

Angélique. — Si elle n'eût point conservé les lettres et les billets qui lui étaient adressés, elle ne serait pas si malheureuse ; car on n'aurait pas découvert le dessein qu'elle avait de sortir du monastère.

Agnès. — C'est donc sans doute de cela qu'elle parle quand elle dit, dans son billet : « *Songez à la rupture de nos chaînes.* » Je n'aurais pas donné le véritable sens à ses paroles. Ah ! Qu'elle aurait été malheureuse, la pauvre enfant, si elle eût fait cette méchante démarche ! Hélas ! De quoi l'amour n'est-il point capable, quand il se voit combattu ?

Angélique. — Sitôt que le recteur des jésuites eut appris ce qui se passait, par la lettre qu'il trouva dans le bonnet, il en donna avis à la supérieure, qui alla aussitôt avec son assistante visiter la chambre de Virginie, où elle trouva dans sa cassette une infinité de billets et d'autres bagatelles qui lui firent connaître la vérité de ce qu'elle n'aurait pu croire si elle ne l'avait vu. Comme elle aimait beaucoup Virginie, elle ne fit paraître dans ces procédures que ce qu'elle ne put cacher, et modéra le châtiment que les constitutions prescrivaient.

Agnès. — Le jésuite a été plus heureux, puisqu'il en a été quitte pour changer de province.

Angélique. — Oh ! Ces affaires ne se sont pas passées si doucement que tu te l'imagines : il est à présent hors de la compagnie. Tu sauras que comme dans la société tout roule et n'est établi que sur l'estime et la réputation, il est impossible à un homme d'honneur d'y rester après qu'il a perdu par quelque accident, dans l'esprit de ses confrères, ces deux choses qui flattent si agréablement l'ambition des hommes. Le père de Raucourt se voyant donc déchu, par le malheur que tu sais, de ce degré de gloire qu'il s'était acquis par ses mérites, et où il s'était toujours conservé par sa prudence, fit peu de cas de l'indulgence que ses supérieurs lui offraient et ne pensa plus qu'à les abandonner : ce qu'il a fait depuis quelque temps, et il est retiré en Angleterre.

Agnès. — Mais que peut faire dans un pays étranger un homme qui n'a point d'autres biens que la science et qui n'a que la philosophie pour partage ?

Angélique. — Ce qu'il peut faire ? Il peut par son esprit se rendre plus utile à la république, si elle le veut employer, que tous les artisans qui la composent. Il peut par ses écrits donner de la vigueur aux lois les plus opposées à l'inclination du peuple. Il peut porter la gloire d'une nation dans les lieux les plus éloignés. Enfin, il est peu d'emplois qu'il ne puisse dignement remplir, et dont l'Etat ne puisse tirer de grands fruits. Comme ce que je dis n'est pas hors de raison, il n'est pas aussi sans exemple, et j'ai appris d'un dominicain qu'un mécontent de leur ordre était à la cour de ce royaume où de Raucourt s'est retiré, et qu'il y faisait très belle figure en qualité de résident ou d'envoyé d'un prince d'Allemagne.

Agnès. — Sans doute qu'il aurait conduit Virginie dans ce pays, s'ils fussent venus à bout de leurs desseins. Hélas ! Qu'il y aurait peu de reclus et de recluses, si on donnait le temps à ceux et à celles qui entrent dans le cloître de réfléchir sur les avantages d'une honnête liberté et sur les suites fâcheuses d'un funeste engagement !

Angélique. — Pourquoi parles-tu de la sorte ? Ne pouvons-nous pas goûter des plaisirs aussi parfaits dans l'enceinte de nos murailles, que ceux qui sont au-dehors ? Les obstacles qui s'y opposent ne servent qu'à les rendre de meilleur goût, quand, après les avoir adroitement surmontés, nous possédons ce que nous avons désiré. Ce serait être malin et ingrat, que de censurer les divertissements des moines et moinesses, car je dirais à ces gens-là : N'est-il pas vrai que la continence est un don de Dieu, duquel il gratifie qui il lui plaît, et dont il ne fait pas largesse à ceux qu'il n'en veut pas honorer ? Cela supposé, il ne fera rendre compte de ce présent qu'à ceux à qui il l'aura donné.

Agnès. — Je conçois bien la force de cette raison ; mais on pourrait dire que les vœux par lesquels nous nous y engageons solennellement nous en rendent responsables devant lui.

Angélique. — Eh ! Ne vois-tu pas bien que ces vœux-là, que tu fais entre les mains des hommes, ne sont que des chansons ? Peux-tu avec raison l'obliger à donner ce que tu n'as pas et ce que tu ne peux avoir, s'il ne plaît à celui à qui tu l'offres de te l'accorder ? Juge par là de la nature de nos engagements, et si à la rigueur nous sommes tenues, selon Dieu, à l'effet de nos promesses, puisqu'elles renferment en elles une impossibilité morale. Tu ne peux rien dire qui détruise ce raisonnement.

Agnès. — Il est vrai ; et c'est ce qui doit nous mettre l'esprit en repos.

Angélique. — Pour moi, je te puis dire que rien ne me chagrine. Je passe le temps dans une égalité d'esprit qui me rend insensible aux peines qui fatiguent les autres. Je vois tout, j'écoute tout ; mais peu de choses sont capables de m'émouvoir ; et si mon repos n'eût été troublé par quelque indisposition corporelle, il n'y a personne qui puisse vivre avec plus de tranquillité que moi.

Agnès. — Mais, dans une conduite si opposée à celle des autres cloîtres, que pensez-vous de la disposition de leur âme ? Et ces actions qui sont suivies, comme ils prêchent, de tant de mérites, ne vous tentent-elles point par l'espérance qu'elles proposent ? On pourrait nous dire que le libertinage est souvent capable de nous fournir des raisons pour nous perdre. Car qu'y a-t-il de plus saint que la méditation des choses célestes, à laquelle ils s'emploient ? Qu'y a-t-il de plus louable que cette haute piété qu'ils mettent en pratique ; et les jeûnes et les austérités dont ils se mortifient peuvent-ils passer pour des œuvres infructueuses ?

Angélique. — Ah ! Mon enfant, que ces objections sont faibles ! Il faut que tu saches qu'il y a bien de la différence entre la licence et la liberté : dans mes actions je me tiens souvent sur la pente de celle-ci, mais je ne me laisse jamais tomber dans le désordre de celle-là. Si je ne donne point de

bornes à ma joie et à mes plaisirs, c'est parce qu'ils sont innocents et qu'ils ne blessent jamais par leur excès les choses
pour lesquelles je dois avoir de la vénération. Mais tu veux
bien que je te dise ce que je pense de ces fous mélancoliques
dont les manières te charment. Sais-tu que ce que tu appelles
contemplation des choses divines n'est dans le fond qu'une
lâche oisiveté, incapable de toute action ; que les mouvements
de cette piété héroïque que tu fais éclater ne procèdent que
du désordre d'une raison altérée, et que pour trouver la cause
générale qui les fait se déchirer comme des désespérés, il faut
la chercher dans les vapeurs d'une humeur noire ou dans la
faiblesse de leur cerveau ?

Agnès. — Je prends tant de plaisir à entendre tes raisons,
que je t'ai proposé tout exprès comme une difficulté ce qui
ne faisait souffrir aucun doute ; mais j'entends la cloche qui
nous appelle.

Angélique. — C'est pour aller au réfectoire. Après le dîner,
nous pourrons continuer notre entretien.

Troisième entretien
Sœur Agnès, Sœur Angélique

Agnès. — Ah ! Que la beauté du jour est agréable ! Cela me réveille tous les esprits. Retirons-nous toutes deux dans cette allée, afin de nous éloigner de la compagnie des autres.

Angélique. — Nous ne pouvions pas trouver dans tout le jardin un lieu plus propre à la promenade, car les arbres qui l'environnent nous donneront autant d'ombre qu'il en faut pour n'être pas exposées à la chaleur du soleil.

Agnès. — Il est vrai ; mais il est à craindre que madame ne vienne pour s'y récréer, car c'est ici l'endroit qu'elle choisit le plus souvent pour prendre l'air après le repas.

Angélique. — N'appréhende pas qu'elle nous chasse d'ici : elle est à présent incommodée ; et si tu savais la cause de son indisposition, tu rirais trop.

Agnès. — Elle se portait pourtant bien hier.

Angélique. — Assurément. Le mal ne lui est arrivé que cette nuit, et il faut que tu aies dormi d'un profond sommeil, pour ne t'être pas aperçue comme par ses cris elle a mis tout le dortoir en alarme. J'avais dessein de m'en divertir avec toi quand je t'ai été trouver ce matin, mais insensiblement notre conversation nous en a éloignées.

Agnès. — Il est vrai que je n'apprends les nouvelles que quand elles sont publiques.

Angélique. — Tu sais que madame fait un de ses principaux plaisirs de nourrir toutes sortes d'animaux, et qu'elle ne se contente pas d'avoir une infinité d'oiseaux de toutes sortes de pays, qu'elle a encore rendu domestiques jusqu'à des tortues et des poissons. Comme elle ne se cache point de cette folie, et que tous ses amis savent qu'elle appelle cette occupation le charme de la solitude, ils s'efforcent tous de contribuer à son divertissement, en lui faisant présent tantôt d'une bête, tantôt d'une autre. L'abbé de Saint-Valery ayant appris qu'elle avait même rendu, comme on le lui avait mandé, des carpes et des brochets familiers, il lui envoya, il y a quatre jours, deux macreuses en vie et deux grosses écrevisses de mer, pareillement vivantes. Après avoir fait couper les ailes à ces demi-canards, elle les fit jeter dans le vivier, et voulut donner toute son application à élever les écrevisses. Pour cette raison elle fit apporter dans sa chambre une petite cuvette de bois qu'elle fit remplir d'eau, et où elle mit ces langoustes (c'est ainsi qu'on appelle ces animaux). J'aurais de la peine à t'exprimer tous les soins qu'elle apportait pour leur conservation, jusques à leur jeter des douceurs et des pistaches. Enfin, elle ne voulait les nourrir que des viandes les plus délicates.

Agnès. — Ces sortes de passe-temps sont innocents, et sont excusables dans la jeunesse.

Angélique. — Hier au soir, par un malheur, sœur Olinde, qui avait ordre de changer tous les jours l'eau de la cuve pour le rafraîchissement des poissons, s'en oublia ; c'est ce qui causa tout le désordre. Tu sauras que la nuit dernière ayant été fort chaude, une de ces langoustes, qui se trouvait incommodée par la chaleur qu'elle ressentait, sortit de la cuve, et se traîna assez longtemps par la chambre, jusqu'à ce que, se voyant sans soulagement, elle rechercha l'eau qu'elle avait quittée comme son plus naturel élément. Mais comme il lui avait été bien plus facile de descendre que de monter, elle fut obligée de recourir à l'eau du pot de chambre de madame, où, sans examiner si elle était douce ou salée, elle se posta. Quelque temps après, notre abbesse eut envie de pisser, et, à demi endormie et sans sortir du lit, elle prit son urinal ; mais, hélas ! Elle pensa mourir de frayeur ! Cette écrevisse, qui se sentit arrosée d'une pluie un peu trop chaude, se lança vers le lieu d'où elle semblait partir et le serra si vivement avec une de ses pattes, qu'elle y a laissé des marques pour plus de trois jours.

Agnès. — Ah ! ah ! ah ! Que cette aventure est plaisante !

Angélique. — Dans le moment, elle fit un cri qui éveilla toutes ses voisines ; elle jeta le pot de chambre par terre, et, se levant promptement, appela tout le monde à son aide. Cependant cet animal, qui n'avait jamais trouvé de morceau si délicat et plus friand, ne quittait point prise. La mère assistante et sœur Cornélie furent les plus promptes à se lever ; elles eurent bien de la peine à s'empêcher de rire à la vue d'un tel spectacle, mais elles se retinrent néanmoins le mieux qu'elles purent et furent obligées de couper la patte de cette bête sacrilège, qui n'abandonna point sa proie jusques à ce temps-là. La mère assistante se retira, et sœur Cornélie, qui est la confidente de madame, passa le reste de la nuit avec elle pour la consoler. Voilà la cause de l'indisposition de notre abbesse, et ce qui l'empêchera apparemment de venir interrompre nos entretiens.

Agnès. — Ah ! Je n'oserais paraître, si un semblable accident m'était arrivé, et qu'il fût venu à la connaissance des autres.

Angélique. — Vraiment, il y a bien là de quoi être honteuse ! Elle ne fit rien voir qu'elle n'ait souvent montré à d'autres, et les chevaliers de l'ordre ont mis plusieurs fois la main où l'écrevisse plaça sa patte.

Agnès. — Qui est celui qui est son meilleur ami ?

Angélique. — Je ne sais pas quel il est, mais je sais bien qu'un jésuite la visite fort souvent, et qu'il a eu avec elle des privautés, qui font connaître qu'il est des *cordons bleus.* Je l'aperçus un jour avec lui dans un entretien fort animé, et une autre fois qu'elle sortait d'avec le même personnage, je trouvai dans le parloir qu'elle venait de quitter une serviette fine, humectée dans de certains endroits d'une liqueur un peu visqueuse : elle l'avait laissée tomber proche de la fenêtre. Je ne parlai point de cette rencontre ; je remarquai seulement que cette perte lui donna un peu d'inquiétude.

Agnès. — Qu'a-t-elle à appréhender ? L'évêque de qui elle dépend uniquement est à sa discrétion, et dans la visite qu'il a faite de ce monastère, il n'a rien ordonné que ce qu'elle lui avait auparavant prescrit.

Angélique. — Il est vrai. Elle est maîtresse de tout, et les directeurs et confesseurs ne sont reçus et changés que par son ordre.

Agnès. — Ah ! Que je souhaiterais de tout mon cœur que le confesseur ordinaire que nous avons à présent lui déplût comme à moi ! Qu'en dis-tu ?

Angélique. — Il est vrai qu'il est fort austère, et qu'il est capable de faire bien de la peine à celles qui ne savent pas se conduire ; mais à nous autres cela doit être bien indifférent que ce soit lui ou un moins rigoureux qui nous entende.

Agnès. — Pour moi je ne puis lui dire la moindre peccadille qu'il ne s'emporte. Pour une pensée dont je m'accuserai, il m'ordonnera des mortifications et des pénitences horribles, et me fera jeûner deux jours pour le moindre mouvement de la chair dont je me confesserai ; outre que je ne sais la plupart du temps de quoi l'entretenir, de crainte de lui dire quelque chose qui le choque, et je ne puis concevoir comment tu fais, toi qui le tiens si longtemps.

Angélique. — Eh ! Crois-tu que je sois si sotte de lui déclarer le secret de mon cœur ? Bien loin de cela : comme je le connais tout à fait rigide, je ne lui dis que les choses sur lesquelles il n'a point de prise. Il ne peut conclure de tout ce qu'il apprend de moi sinon que je suis une fille d'oraison et de contemplation, qui ne connaît point tous les mouvements d'une nature corrompue, ce qui fait qu'il n'ose pas même m'interroger sur cette matière. La pénitence la plus rude que j'ai reçue, c'est cinq *Pater noster* et les *Litanies*.

Agnès. — Mais encore, que lui dis-tu donc ! Car pour avoir rompu le silence ou raillé une personne de la communauté (ce qui n'est rien), il me prônera un quart d'heure.

Angélique. — Toutes ces fautes-là étant désignées en particulier, avec leurs circonstances, de légères, elles deviennent quelquefois plus considérables, et c'est ce qui te rend sujette à sa répréhension. Mais, tiens, voici comme je m'y prends :

écoute ma dernière confession. Après lui avoir demandé bien humblement sa bénédiction, la vue baissée, les mains jointes, et le corps à demi courbé, je commence de la sorte :

« Mon père, je suis la plus grande pécheresse du monde, et la plus faible des créature : je tombe presque toujours dans les mêmes défauts.

Je m'accuse d'avoir troublé la tranquillité de mon âme par des divagations universelles qui m'ont mis l'intérieur en désordre ; de n'avoir pas eu assez de recueillement d'esprit et de m'être trop épanchée dans des occupations extérieures ; de m'être trop arrêtée aux opérations de l'entendement, y passant la plupart de mon oraison au préjudice de ma volonté, qui en est demeurée sèche et stérile ; de m'être une autre fois laissé d'abord lier aux affections, et exposée par là à des distractions fâcheuses et à une oisiveté d'esprit contraire à la perfection méthodique des contemplatifs ; d'avoir trop conservé en moi tout ce qui était de moi, sans dégager mon cœur de toutes les choses créées, par un acte généreux d'anéantissement d'amour-propre, intérêts, désirs et volontés, et de tout moi-même ; d'avoir fait une offrande de mon cœur sans l'avoir tranquillisé auparavant et dénué du trouble des passions trop remuantes et des affections mal réglées ; de m'être trop laissé emporter aux inclinations du vieil homme et au penchant de la nature non réparée, au lieu de faire divorce avec tout, pour gagner tout ; de n'avoir pas été soigneuse de me renouveler par une revue de moi-même, en moi-même, et de faire en moi la réparation de ce qui était déchu de moi, etc. »

Eh bien ! Agnès, tu peux juger de la pièce par l'échantillon. Ce n'est pas là le tiers de ma confession, mais le reste ne me rend pas plus criminelle que ce commencement.

Agnès. — Il est vrai que je serais bien empêchée si je devais ordonner des pénitences à des péchés si spirituellement débités. C'est néanmoins là l'unique moyen de tromper la curiosité des jeunes directeurs et d'éviter la réprimande des vieux.

Angélique. — Ces derniers sont ordinairement les moins traitables, car je n'en ai guère vu de jeunes, depuis que je suis dans la communauté, qui n'aient été assez indulgents.

Agnès. — Il est vrai qu'ils n'ont pas tous les mêmes rigueurs : témoin celui qui mit la dévotion si avant dans l'âme de ceux de nos sœurs, qu'elles s'en trouvèrent fort incommodées neuf mois après.

Angélique. — Ah ! Dieu ! Qu'il a fallu d'adresse pour cacher cela comme on a fait, et pour empêcher qu'il ne fût su du dehors ! L'évêque lui-même n'en a eu la connaissance que lorsqu'on ne pouvait plus en donner de preuve. Cela me fait souvenir d'un jésuite italien qui, confessant un jour un jeune gentilhomme français qui avait appris la langue du pays, fit une exclamation, sans y penser, qui fit paraître sa faiblesse. Le pénitent s'accusait d'avoir passé la nuit avec une fille des premières maisons de Rome, et d'en avoir joui selon ses désirs. Le bon père, regardant attentivement celui qui lui parlait, qui était beau garçon et très bien fait, s'oublia du lieu qu'il occupait, et s'imaginant être dans une conversation libre, tant il était transporté, il demanda au jeune homme si cette fille était belle, quel âge elle pouvait avoir et combien il l'avait fait avec elle ? Le Français ayant répondu qu'il l'avait trouvée d'une beauté achevée, qu'elle n'avait que dix-huit ans, et qu'il l'avait baisée trois fois : « *Ah ! qual gusto ! signor,* » s'écria-t-il pour lors assez hautement, c'est-à-dire : Ah ! Que ce plaisir était grand !

Agnès. — Cette saillie n'était pas mal plaisante, et très capable d'exciter le cœur du pénitent à la repentance d'une telle faute.

Angélique. — Que veux-tu ! Ce sont des hommes comme les autres. Et j'ai ouï dire à un de mes amis qui était dans ces sortes d'emplois, que souvent un confesseur ne s'exposerait pas tant à l'incontinence en allant au bordel qu'en entendant ce que les dévotes lui disent à l'oreille.

Agnès. — Pour moi, je trouverais, ce me semble, cette occupation assez divertissante, pourvu qu'il me fût permis de faire le choix de mes pénitentes : je prendrais plaisir à les entendre, et mon imagination serait vivement frappée par le récit qu'ils me feraient de leurs sottises ; ce qui ne pourrait être sans une grande satisfaction de mon côté.

Angélique. — Hélas ! Mon enfant ! Tu ne sais ce que tu demandes. Si une dévote donne un peu de plaisir à un confesseur par le récit ingénu de ses faiblesses, il y en a mille qui les fatiguent par leurs scrupules, et qu'ils tireraient plus facilement d'un abîme que de leurs doutes. Sœur Dosithée a été plus de trois ans à occuper presque toute seule par ses questions le directeur commun de la maison. Il avait beau lui représenter que ces recherches curieuses par lesquelles elle gênait sa conscience, ne croyant jamais avoir apporté assez de soin pour s'examiner, étaient non seulement inutiles, mais même vicieuses et contraires à la perfection. Il ne put rien gagner sur elle, et fut obligé de l'abandonner à elle-même, et de la laisser dans son erreur.

Agnès. — Il me semble néanmoins qu'elle est à présent fort raisonnable, et je me souviens qu'une fois que nous fûmes obligées de coucher toutes deux ensemble, pendant qu'on élevait notre dortoir, elle me tint des discours, non seulement fort éloignés du scrupule, mais même que je trouvais en ce temps-là un peu trop libres, outre mille badineries auxquelles elle m'excita par le récit de cent histoires les plus lubriques et les plus lascives du monde.

Angélique. — Je vois bien que tu ne sais pas comment elle est sortie des ténèbres où la superstition l'avait plongée si avant. Son confesseur n'a eu aucune part à sa délivrance. On peut dire que c'est la dévotion même qui a produit ce changement, et qui, d'une fille extrêmement scrupuleuse, en a fait une religieuse tout à fait raisonnable. Je veux te raconter ce que j'en ai appris par son rapport.

Agnès. — Je ne conçois pas cela. Car dire que la dévotion puisse défaire une personne de ses scrupules, c'est dire qu'un aveugle est capable d'en tirer un autre d'un précipice.

Angélique. — Écoute-moi seulement, et tu connaîtras que je n'avance rien qui ne soit véritable. Sœur Dosithée, comme on le peut remarquer à ses yeux, est née d'une complexion la plus tendre et la plus amoureuse du monde. Cette pauvre enfant, à son entrée en religion, tomba entre les mains d'un vieux directeur ignorant au superlatif, et d'autant plus ennemi de la nature que son âge le rendait inhabile à tous les plaisirs qu'elle proposait. Reconnaissant donc que le penchant de sa pénitente était du côté de la chair, et que les faiblesses dont elle s'accusait tous les jours en étaient une preuve assurée, il crut qu'il était de son devoir de réformer cette nature qu'il appelait corrompue, et qu'il lui était permis de s'ériger en second réparateur. Pour venir à bout de ce dessein, il jeta d'abord dans son âme toutes les semences de scrupules, de doutes et de peines de conscience qu'il se pût imaginer. Il le fit avec d'autant plus de succès, qu'il y trouva beaucoup de disposition, et que les confessions ingénues qu'il avait souvent entendues de cette innocente lui avaient fait connaître l'extrême tendresse où elle était pour ce qui regardait son salut.

Il lui fit donc la peinture du chemin du ciel avec des couleurs si rudes, qu'elles auraient été capables de rebuter de sa poursuite une personne moins zélée et moins fervente qu'elle. Il ne lui parlait que de la destruction de ce corps qui s'opposait à la jouissance de l'esprit, et les pénitences horribles dont il l'accablait étaient, selon lui, des moyens absolument nécessaires, sans lesquels il était impossible d'arriver dans cette céleste Jérusalem.

Dosithée, n'étant pas capable de se défendre de ces arguments, se laissa aveuglément conduire par la dévotion indiscrète dont elle devint infatuée ; la simple pratique des commandements de Dieu ne passa plus chez elle pour être de grand prix auprès de lui ; il fallait que les œuvres de surérogation l'accompagnassent ; et encore, avec tout cet attirail, elle était toujours dans une crainte continuelle des peines de l'autre monde, dont elle était si souvent menacée. Comme il est impossible ici-bas de détruire en nous ce qu'on appelle concupiscence, elle n'était jamais en paix avec elle-même ; c'était une guerre sans relâche qu'elle faisait imprudemment à son pauvre corps, et les combats atroces qu'elle lui livrait étaient rarement suivis de quelque courte trêve.

Agnès. — Hélas ! Qu'elle était à plaindre, et qu'elle m'aurait fait de compassion si je l'avais vue dans cet égarement !

Angélique. — Comme son naturel amoureux causait, selon elle, ses plus grands défauts, elle ne négligeait rien de tout ce qui pouvait éteindre ses feux les plus innocents ; les jeûnes, les haires et les cilices étaient mis en usage, et le changement d'un directeur plus raisonnable que le premier ne put apporter la moindre diminution à sa folie. Elle fut quatre ans entiers dans cet état, et y serait toujours restée sans un trait de dévotion qui l'en tira. Entre les conseils qu'elle avait reçus de son ancien professeur, elle en pratiquait un avec une régularité sans égale. C'était de recourir à un tableau de saint Alexis, miroir de chasteté, qui était à son oratoire, et de s'y prosterner lorsqu'elle se verrait pressée de la tentation ou qu'elle ressentirait en elle-même ces mouvements dont elle s'accusait si souvent. Un jour donc qu'elle se trouva plus émue qu'à l'ordinaire et que sa nature la combattait plus vivement que de coutume, elle eut recours à son saint : elle lui représenta, les larmes aux yeux, la face en terre et le cœur porté vers le ciel, l'extrême danger où elle se trouvait, lui raconta, avec une candeur et une simplicité merveilleuses, combien inutilement elle s'était défendue et avait fait ses efforts pour réprimer les violents transports qu'elle ressentait.

Elle accompagna sa prière de pénitences et de coups de discipline qu'elle se donna en présence de ce bienheureux pèlerin. Mais, de même qu'on rapporte de lui qu'il ne fut aucunement touché de la beauté de la femme la première nuit de ses noces et qu'il l'abandonna, le beau corps de cette innocente, exposé nu devant lui, ne fit aucune impression sur son esprit, et les coups dont elle le chargeait si vivement ne le portèrent aucunement à en avoir compassion. Après s'être ainsi déchirée, elle se recommanda de nouveau à ce bon Romain, et se retira comme victorieuse pour aller vaquer avec tranquillité à des exercices moins fatigants.

Agnès. — Ah ! Dieu ! Que la superstition fait de ravage dans une âme lorsqu'elle s'en est emparée !

Angélique. — A peine Dosithée fut-elle sortie de sa chambre qu'elle se sentit le corps tout en feu et l'esprit porté à la recherche d'un plaisir qu'elle ne connaissait point encore. Un chatouillement extraordinaire anima tous ses sens, et son imagination, se remplissant de mille idées lascives, laissa cette pauvre religieuse à demi vaincue. Dans ce pitoyable état elle retourne à son intercesseur, elle redouble de prières, et le conjure par tout ce que la dévotion peut avoir de plus sensible à lui accorder le don de continence. Sa ferveur n'en demeura pas là ; elle prit encore les instruments de pénitence en main et s'en servit pendant un quart d'heure avec une ardeur la plus folle et la plus indiscrète du monde.

Agnès. — Eh bien ! Cela la soulagea-t-il un peu ?

Angélique. — Hélas ! bien loin de là : elle se retira de son oratoire encore plus transportée de l'amour qu'auparavant :

vêpres sonnèrent : elle eut beaucoup de peine à y assister tout au long.

Des étincelles de feu lui sortaient des yeux, et, sans savoir ce qu'elle souffrait, j'admirais son instabilité et comme elle était dans un mouvement continuel.

Agnès. — Mais d'où provenait cela ?

Angélique. — Cela était causé par l'ardeur extrême qu'elle ressentait par tout le corps, et surtout aux parties où elle s'était disciplinée. Car il faut que tu saches que bien loin que ces sortes d'exercices eussent été capables d'éteindre les flammes qui la consumaient, au contraire, ils les avaient augmentées de plus en plus et avaient réduit cette pauvre enfant dans un état à ne pouvoir quasi y résister. Cela est facile à concevoir, d'autant que les coups de fouet qu'elle s'était donnés sur le derrière, ayant excité la chaleur dans tout le voisinage, y avaient porté les esprits les plus purs et les plus subtils du sang, qui, pour trouver une issue conforme à leur nature toute de feu, aiguillonnaient vivement les endroits où ils étaient assemblés, comme pour y faire quelque ouverture.

Agnès. — Le combat dura-t-il longtemps ?

Angélique. — Il commença et fut terminé dans une journée. Sitôt que vêpres furent achevées, comme si Dosithée n'avait pas pu s'adresser directement à Dieu, elle s'en alla se prosterner derechef devant son oratoire. Elle prie, elle pleure, elle gémit, mais toujours inutilement. Elle se sent plus pressée que jamais, et pour insulter de nouveau à cette nature opiniâtre, elle prend le fouet en main ; et relevant ses jupes et sa chemise jusqu'au nombril et l'attachant d'une ceinture, elle outragea avec violence ses fesses et cette partie qui lui causait tant de peines, qui étaient toutes à découvert. Cette rage ayant duré quelque temps, les forces lui manquèrent pour ce cruel exercice : elle n'en eut pas même assez pour détacher ses habits, qui l'exposaient à demi nue. Elle appuya sa tête sur sa couche, et faisant réflexion sur la condition des hommes, qu'elle appelait malheureuse, de ce qu'ils étaient nés avec des mouvements que l'on condamnait quoiqu'il fût presque impossible de les réprimer, elle tomba en faiblesse, mais ce fut une faiblesse amoureuse que la fureur de la passion causa et qui fit goûter à cette jeune enfant un plaisir qui la ravit jusqu'au ciel. Dans ce moment, la nature, unissant toutes ses forces, brisa tous les obstacles qui s'opposaient à ses saillies, et cette virginité, qui jusque-là avait été captive, se délivra sans aucun secours avec impétuosité, en laissant la gardienne étendue par terre pour marque évidente de sa défaite.

Agnès. — Ah ! J'aurais voulu être là présente !

Angélique. — Hélas ! Quel plaisir aurais-tu eu ? Tu aurais vu cette innocente à demi nue pousser des cris dont elle ignorait la cause ! Tu l'aurais vue dans une extase, les yeux à demi mourants, sans force ni vigueur, succomber sous les lois de la nature toute pure, et perdre, malgré ses soins, ce trésor dont la garde lui avait donné tant de peine.

Agnès. — Eh bien ! C'est en quoi j'aurais pris du plaisir, de la considérer ainsi toute nue, et de remarquer curieusement tous les transports que l'amour lui causait au moment qu'elle fut vaincue.

Angélique. — Sitôt que Dosithée fut revenue de cette syncope, son esprit, qui n'était auparavant enseveli que dans d'épaisses ténèbres, se trouva à l'instant développé de toute son obscurité, ses yeux furent ouverts, et, réfléchissant sur ce qu'elle avait fait et sur le peu de vertu de son saint qu'elle avait tant invoqué, elle connut qu'elle avait été dans l'erreur, et s'élevant ainsi de sa propre force, par une métamorphose surprenante, au-dessus de toutes les choses qu'elle n'osait auparavant regarder, elle n'eut plus que du mépris pour celles qui avaient fait son plus grand attachement.

Agnès. — C'est-à-dire que de scrupuleuse elle devint indévote, et qu'elle ne fit plus d'offrande à tous *les sancterelles* qu'elle adorait auparavant.

Angélique. — Tu prends mal les choses. On peut se défaire de la superstition sans tomber dans l'impiété ; c'est ce que fit Dosithée. Elle apprit par son expérience que c'était au souverain médecin qu'il fallait recourir dans ses faiblesses ; que les tentations n'étaient pas dans la puissance des fidèles, et que dans l'âme la plus soumise il s'élevait souvent des pensées et des mouvements involontaires, qui ne faisaient pas seulement le moindre défaut. Tu vois comme je ne t'ai rien dit que de véritable quand je t'ai assurée que c'était la dévotion qui l'avait tirée de ses scrupules.

Il en arriva presque de même à une religieuse italienne qui, après s'être prosternée fort souvent devant la figure d'un enfant nouvellement né, qu'elle appelait son petit Jésus, et l'avoir conjuré plusieurs fois de lui accorder la même chose, par ces tendres paroles qu'elle proférait avec une affection extraordinaire : *Dolce signor mio Gesu, fate mi la grazia, etc.*, voyant que toutes ses prières étaient sans effet, crut que l'enfance de celui qu'elle invoquait en était la cause, et qu'elle trouverait mieux son compte en s'adressant à l'image du Père éternel, qui le représentait dans un âge plus avancé. Elle alla donc retrouver son petit Signor, à qui elle reprocha son peu de vertu, lui protestant qu'elle ne s'amuserait jamais à lui ni à aucun enfant de la sorte, et le quitta ainsi en lui appliquant ces paroles du proverbe : *Chi s'impaccia con fanciulli, con fanciulli si ritrova.* Réfléchis un peu jusques où va la superstition, et à quelle extrémité de folie l'ignorance nous conduit quelquefois !

Agnès. — Il est vrai que cet exemple en est une preuve sensible, et que la simplicité de cette religieuse est sans égale. Les Italiennes ne passent pas néanmoins pour sottes ; on dit qu'elles ont infiniment de l'esprit, et que peu de choses sont capables de les arrêter et d'échapper à leur pénétration.

Angélique. — Cela est vrai communément parlant ; mais il s'en trouve toujours quelques-unes qui ne sont pas si éclairées que les autres. Outre que ce n'est pas toujours une marque de stupidité que d'avoir des scrupules et des doutes. Car il faut que tu saches, ma chère Agnès, que hors les choses de la religion il n'y a rien de certain, ni d'assuré dans ce monde ; il n'y a point de parti qui puisse se soutenir, et que nous n'avons pour l'ordinaire que des idées fausses et confuses des choses que nous croyons savoir plus parfaitement. La vérité est encore inconnue, et tous les soins et les artifices des hommes qui s'appliquent sérieusement à sa recherche n'ont pu encore

nous la rendre sensible, quoiqu'ils aient cru souvent l'avoir découverte.

Agnès. — Mais comment conduire donc notre esprit dans
une ignorance si universelle ?

Angélique. — Il faut, mon enfant, pour ne se point abuser,
regarder les choses dès leur origine, les envisager dans leur
simple nature, et en juger ensuite conformément à ce que
nous y voyons. Il faut surtout éviter de laisser prévenir sa raison et de la laisser obséder par les sentiments d'autrui, qui ne
peuvent être pour l'ordinaire que des opinions. Et il faut enfin
se donner de garde de se laisser prendre par les yeux et par
les oreilles, c'est-à-dire par mille choses extérieures dont on
se sert souvent pour séduire nos sens, mais se conserver toujours l'esprit libre et dégagé des sottes pensées et des niaises
maximes dont le vulgaire est infatué, qui, comme une bête,
court indifféremment après tout ce qu'on lui présente, pourvu
qu'il soit revêtu de quelque belle apparence.

Agnès. — Je conçois bien tout ceci, et je crois même qu'on
peut pousser encore ton raisonnement plus loin et y comprendre bien des choses que tu en exemptes. Il faut avouer
qu'il y a un extrême plaisir à t'entendre ; quand tu ne serais pas
aussi belle et aussi jeune que tu l'es, ton esprit seul te rendrait
aimable. Donne-moi un baiser.

Angélique. — De tout mon cœur, ma plus chère ; je suis
ravie de te plaire en quelque chose, et d'avoir trouvé en toi
tant de disposition à recevoir les lumières qui te manquaient.
Quand on a l'esprit développé de ténèbres et débarrassé de
toutes sortes d'inquiétudes, il n'y a point de moment dans

notre vie que nous ne goûtions quelque plaisir, et que nous ne puissions même des peines et des scrupules des autres faire un sujet de récréation. Mais laissons là toute cette morale, à laquelle je me suis insensiblement engagée. Baise-moi, ma mignonne ; je t'aime plus que ma vie.

Agnès. — Eh bien ! Es-tu contente ? Tu ne songes pas qu'on peut nous apercevoir ici.

Angélique. — Eh ! Quel sujet avons-nous de craindre ? Entrons dans ce berceau, nous n'y pourrons être vues de personne. Mais je ne suis pas encore satisfaite, tes baisers n'ont rien de commun ; donne-m'en un à la florentine.

Agnès. — Je crois que tu es folle. Est-ce que tout le monde ne baise pas de la même manière ? Que veux-tu dire par ton *baiser à la florentine ?*

Angélique. — Approche-toi de moi, je vais te l'apprendre.

Agnès. — Oh Dieu ! Tu me mets toute en feu ! Ah ! Que cette badinerie est lascive ! Retire-toi donc ! Ah ! Comme tu me tiens embrassée ! Tu me dévores !

Angélique. — Il faut bien que je me paie des leçons que je te donne. Voilà de la façon que les personnes qui s'aiment véritablement se baisent, enlaçant amoureusement la langue entre les lèvres de l'objet qu'on chérit : pour moi je trouve qu'il n'y a rien de plus doux et de plus délicieux, quand on s'en acquitte comme il faut, et jamais je ne le mets en usage que je ne ressente par tout mon corps un chatouillement extraordinaire et un certain je ne sais quoi que je ne te puis exprimer qu'en te disant que c'est un baiser qui se répand universellement dans toutes les plus secrètes parties de moi-même, qui pénètre le plus profond de mon cœur, et que j'ai droit de le nommer *un abrégé de la souveraine volupté*. Et toi, tu ne dis rien ! Quel sentiment t'a-t-il causé ?

Agnès. — Ne te l'ai-je pas assez fait connaître, quand je t'ai dit que tu me mettais toute en feu ? Mais d'où vient que tu appelles ces sortes de caresses *un baiser à la florentine* ?

Angélique. — C'est parce qu'entre les Italiennes, les dames de Florence passent pour être les plus amoureuses et pour pratiquer le baiser de la manière que tu l'as reçu de moi. Elles y trouvent un plaisir singulier, et disent qu'elles les font à l'imitation de la colombe qui est un oiseau innocent, et qu'elles y rencontrent je ne sais quoi de lascif et de piquant, qu'elles n'éprouvent point et ne goûtent pas dans les autres. Je m'étonne comment l'abbé et le feuillant ne t'apprirent point cela pendant ma retraite, car ils ont fait l'un et l'autre le voyage d'Italie, et apparemment s'y sont rendus savants dans toutes les pratiques les plus secrètes de l'amour, qui sont particulières à ceux du pays.

Agnès. — Vraiment j'avais bien l'esprit autre part qu'à ces simples badineries, lorsqu'ils vinrent me voir, pour m'en souvenir à présent ! Je sais bien qu'il n'y eut point de caresses ni de sottises dont leur fureur ne s'avisât ; mais quoi ! Le plaisir que j'y prenais était si grand, et le ravissement que ces transports me causaient si excessif, qu'il ne me restait pas assez de liberté de jugement pour y réfléchir.

Angélique. — Il est vrai que les doux moments où l'on goûte cette volupté nous occupent tellement que nous ne sommes pas capables de nous distraire par aucune application de notre mémoire, ni de faire un *agenda* sur-le-champ de tout ce qui se passe au-dedans de nous-mêmes. Je ne doute pas néanmoins que l'abbé ou le feuillant n'aient poussé leur galanterie jusque-là ; car, outre que tu as une bouche divine, ils sont parfaitement instruits de toutes les manières les plus douces et les plus engageantes de ceux qui savent passionnément aimer.

Agnès. — Hélas ! Pour des personnes consacrées aux autels et dévouées à la continence, ils n'en savent que trop !

Angélique. — Vraiment, tu fais bien ici la plaisante, et ceux qui ne te connaîtraient pas croiraient que tu parles sérieusement. Mais veux-tu que je te dise ma pensée ? Je crois qu'ils n'en sauraient trop savoir, mais qu'ils en pourraient moins pratiquer ; car il est certain qu'ayant la direction des âmes, ils doivent avoir une parfaite connaissance tant du bien que du mal, pour en faire un juste discernement, et pour nous exhorter avec force à la poursuite et à l'amour de l'un, et nous prêcher avec un même zèle la fuite et la haine de l'autre. Mais ils ne font rien moins que cela, et les mauvais livres où ils puisent leur lumière corrompent aussi bien leur volonté qu'ils éclairent leur entendement.

Agnès. — Je crois que tu abuses des termes, et que tu ne penses pas que parmi les savants il n'y a point de livre qui, de sa nature, porte le titre de défendu, et que le seul usage que nous en faisons lui donne la qualité de bon, de mauvais ou d'indifférent.

Angélique. — Ah Dieu ! Je crois que tu rêves de parler de la sorte, et tu dois convenir avec moi qu'il y a de certains livres dont toutes les parties ne valent rien et dont les instructions sont essentiellement opposées à la bonne morale et à la pratique de la vertu. Que peux-tu dire de *l'Ecole des filles* et de cette infâme *philosophie* qui n'a rien que de fade et d'insipide, et dont les forts raisonnements ne peuvent persuader que les âmes basses et vulgaires, ni toucher que celles qui sont à demi corrompues, ou qui, d'elles-mêmes, se laissent aller à toutes sortes de faiblesses ?

Agnès. — J'avoue que ce livre-là peut être mis au rang des choses inutiles, et même de celles qui sont défendues. Je voudrais pouvoir racheter le temps que j'ai employé à en faire la lecture ; il n'a rien qui m'ait plu et que je ne condamne. L'abbé qui me le fit voir m'en donna un autre qui est presque sur la même matière, mais qui la traite et qui la manie avec bien plus d'adresse et de spiritualité.

Angélique. — Je sais de quel livre tu veux parler ; il ne vaut pas mieux pour les mœurs que le précédent, et quoique la pureté de son style et son éloquence aisée aient quelque chose d'agréable, cela n'empêche pas qu'il ne soit infiniment dangereux, puisque le feu et le brillant qui y éclatent en beaucoup d'endroits ne peuvent servir qu'à faire couler avec plus de douceur le venin dont il est rempli, et l'insinuer insensiblement dans les cœurs qui sont un peu susceptibles : il a pour titre *l'Académie des dames,* ou *les Sept Entretiens satyriques d'Aloïsia.* Je l'ai eu plus de huit jours entre les mains, et celui de qui je le reçus m'en expliqua les traits les plus difficiles et me donna une intelligence parfaite de tout ce qu'il a de mystérieux. Surtout il m'en interpréta ces paroles, qui sont dans le septième entretien, *amori vera lux,* et me découvrit le sens anagrammatique qu'elles cachent sous la simple apparence de l'inscription d'une médaille. Je crois que c'est de ce livre dont tu as eu dessein de me parler ?

Agnès. — Assurément. Ah ! Dieu ! Qu'il est ingénieux à inventer de nouveaux plaisirs à une âme saoule et dégoûtée ! De quelles pointes et de quels aiguillons ne se sert-il pas pour réveiller la convoitise la plus endormie, la plus languissante, et celle même qui n'en peut plus ! Que d'appétits extravagants ! Que d'objets étrangers et que de viandes inconnues il présente ! Mais je vois bien que je n'y suis pas encore si savante que toi.

Angélique. — Hélas ! Mon enfant, la science que tu ambitionnes ne pourrait que t'être préjudiciable. Il faut que les plaisirs que nous nous proposons soient bornés par *les lois,* par *la nature* et par *la prudence,* et toutes les maximes dont ce livre pourrait t'instruire s'éloignent presque également de ces trois choses. Crois-moi, toutes les extrémités sont dangereuses, et il est un certain milieu que nous ne pouvons quitter sans tomber dans le précipice. *Aimons,* il n'est pas défendu ; *cherchons la volupté* tant qu'elle est légitime, mais évitons ce qui ne peut être inspiré que par la débauche, et ne nous laissons point séduire par les persuasions d'une éloquence qui ne nous flatte que pour nous perdre, et qui ne s'exprime bien que pour nous porter plus facilement au mal.

Agnès. — Oh ! La belle morale ! Et que tu sais bien dorer la pilule quand il te plaît ! Ce n'est pas que je ne me rende à tes raisons, et que je ne blâme toutes les choses que tu condamnes, mais je ne puis m'empêcher de rire quand je te vois prêcher la réforme avec tant de feu et que je t'entends parler à des sourds et à des aveugles, tels que sont nos sens qui ne veulent recevoir de règles que celles qu'ils se proposent eux-mêmes.

Angélique. — Il est vrai, et j'avoue que c'est mal employer le temps, c'est-à-dire inutilement, que de travailler à réprimer le vice et à élever la vertu, dans la corruption du siècle où nous sommes. La maladie est trop grande et la contagion trop universelle pour y apporter du remède par de simples paroles, et pour qu'elle puisse être guérie par un appareil qui ne peut agir que sur l'esprit. Ce n'est aucunement là mon dessein, mais j'ai seulement été bien aise de te faire connaître que je n'approuve point le libertinage de ceux qui ne goûtent jamais de parfaits plaisirs s'ils ne les vont chercher dans les leçons d'une imagination corrompue, au-delà des bornes les plus inviolables de la nature, et jusque dans la licence la plus dissolue des fables passées.

Je ne suis point ennemie des délices, ni attachée à cette vertu incommode dont notre siècle n'est pas capable, et je sais que l'âme la plus noble ne peut être maîtresse de ses passions, ni purgée des autres infirmités humaines ; tant qu'elle sera attachée à notre corps.

Agnès. — Ah ! Ce retour me plaît et cette indulgence raisonnable peut être reçue. Car quel mal peut-on trouver dans la volupté quand elle est bien réglée ? Il faut bien, de nécessité, donner quelque chose au tempérament du corps, et compatir aux faiblesses de nos esprits, puisque nous les recevons tels que la nature nous les baille, et qu'il ne dépend pas de nous d'en faire le choix. Nous ne sommes pas responsables des fantaisies du penchant et des inclinations qu'elle nous donne. Si ce sont des fautes, c'est elle qui en est coupable et qui en doit être blâmée, et on ne peut reprocher aux hommes les vices qui naissent avec eux, ou qui ne procèdent que de leur naissance.

Angélique. — Tu as raison, ma mignonne, et je ne puis t'exprimer la joie que je ressens lorsque ces paroles me font voir le progrès que tu as fait par mes instructions. Mais ne nous fatiguons pas davantage l'esprit à la recherche des crimes d'autrui ; supportons ce que nous ne saurions réformer, et ne touchons point à des maux qui découvriraient sans doute l'impuissance de nos remèdes. Vivons pour nous-mêmes et sans nous faire malades des infirmités étrangères ; établissons dans notre intérieur cette paix et cette tranquillité spirituelle qui est le principe de la joie, et le commencement du bonheur que nous pouvons raisonnablement désirer.

Agnès. — Pour moi, je suis déjà dans cette paisible jouissance du repos et de la quiétude d'esprit, où je puis dire que je n'ai pu arriver que par ton moyen. Ce sont des obligations que je ne pourrai jamais assez reconnaître comme je le souhaiterais ; car il faut que pour toutes ces peines que tu as prises à me tirer de l'erreur où j'étais, tu te contentes de l'amitié que je t'ai jurée, et qu'elle te tienne lieu de toute autre récompense.

Angélique. — Hélas ! Mon enfant, que pourrais-tu m'offrir qui me plût davantage ! Je préfère tes caresses à tous les trésors du monde ; un seul de tes baisers me charme et me comble de biens. Mais voici quelqu'un qui vient ; séparons-nous afin de leur ôter le soupçon qu'ils pourraient avoir de nos entretiens. Baise-moi, ma chère enfant.

Agnès. — Je le veux, et *à la florentine.*

Angélique. — Ah ! Tu me ravis ! Tu me transportes ! Je n'en puis plus ! Tu me causes mille plaisirs.

Agnès. — En voici assez pour le présent. Adieu, Angélique. C'est sœur Cornélie qui s'approche.

Angélique. — Je la vois. C'est sans doute pour me donner quelque ordre de la part de madame. Adieu, Agnès ! Adieu, mon cœur, mes délices, mon amour !

Sœur Agnès, Sœur Angélique

Agnès. — Ah ! Bonjour, Angélique ; comment te portes-tu ?

Angélique. — Fort bien, Dieu merci ; je suis ravie de te voir ; je songeais tout présentement à toi.

Agnès. — Eh bien ! à quoi songeais-tu ?

Angélique. — Je songeais à me venir réjouir avec toi, et pour te dire la nouvelle que j'ai apprise de sœur Cornélie.

Agnès. — Qu'as-tu appris ? L'as-tu bien reconnue ?

Angélique. — En vérité, quand elle entra dans ma chambre, je ne la reconnaissais pas, car je la prenais pour quelque personne de grande qualité, à cause qu'elle avait, ce semblait, deux pages à sa suite, et était accompagnée d'un gentilhomme fort bien fait qui l'entretenait.

Agnès. — Tu l'as donc à la fin reconnue ?

Angélique. — Oui, tant à sa parole qu'à ses gestes, et aussi à plusieurs autres choses qui m'ont tout à fait persuadée que c'était elle.

Agnès. — Eh ! Dis-moi, qui était ce gentilhomme qui l'accompagnait ?

Angélique. — C'était le marquis de Gracio, natif de Florence, homme de très belle taille et fort richement habillé.

Agnès. — Dis-moi donc la nouvelle que sœur Cornélie t'a dite, et m'en fais le discours le plus bref qui se pourra.

Angélique. — Je vais vous en faire le récit. C'est que sœur Cornélie doit se marier avec Frédéric, qui est un jeune homme de fort honnête famille, qui a la taille bien faite. Je vous en pourrais faire le portrait, mais je vous dirai franchement que j'aime mieux faire celui de notre sexe que celui des hommes.

Agnès. — Eh ! Pourquoi cela ? Est-ce qu'il y a si grande différence des hommes à nous ? Puisque tu ne me veux pas dire ou dépeindre les traits d'un homme, fais-moi donc le portrait de sœur Cornélie ; car il y a longtemps que je ne l'ai vue, et même je ne sais pas si je la reconnaîtrais.

Angélique. — Ah ! Sœur Agnès, oui-da et de bon cœur. Tu sauras qu'elle est assez grande de taille, et marche extrêmement bien ; elle a un très beau corps, la chair ferme et blanche comme de l'ivoire, et douillette à manier ; elle n'est ni maigre, ni grasse ; ses tétons sont bien divisés, ronds, et non éloignés de l'estomac ; elle est étroite de ceinture et large de côté ; elle n'a aucune ride sur le visage ; au contraire, il est fort uni ; les bras ronds, les mains d'une longueur médiocre et minces, la cuisse grasse, les genoux petits, la jambe très belle et droite, de sorte qu'elle est merveilleusement bien assortie jusqu'au talon, auquel est conjoint un pied fort petit et bien formé. Enfin, outre toutes ces beautés que la nature lui a données, elle a beaucoup de belles qualités qui sont les plus grands charmes d'une fille.

Agnès. — Vraiment, j'ai bien pu dire que je ne la reconnaîtrais pas, car elle n'avait pas, ce me semble, toutes ces qualités, ni ces perfections de corps. Selon que tu me la dépeins, ce ne serait plus elle-même.

Angélique. — J'avoue que je l'ai trouvée fort changée ; mais il faut savoir que les compagnies donnent de grands changements aux personnes, et principalement à celles de notre sexe, quand elles veulent prendre la peine de se corriger de tous leurs mauvais gestes et de tous leurs défauts.

Agnès. — Enfin, sœur Cornélie se doit donc marier avec Frédéric ?

Angélique. — Oui.

Agnès. — Dis-moi, est-ce ce Frédéric que j'ai connu il y a six ans à Florence, chez le comte d'Arnobio ?

Angélique. — C'est lui-même, et je te jure en amie que j'y prends autant de joie et de part comme si j'y devais partager uniquement les premiers plaisirs.

Agnès. — Je suis ravie de la visite que sœur Cornélie t'est venue faire, car elle nous donne lieu de nous entretenir quelque temps sur ce sujet.

Angélique. — Tu sauras qui outre toutes les perfections de corps et de qualités qu'elle possède, elle est aussi particulièrement savante dans l'histoire et dans les langues étrangères. On ne doit pas ignorer qu'elle a connaissance des choses les plus cachées de la nature, le tout par la vivacité de son esprit.

Agnès. — Vous me surprenez, Angélique ; j'ai de la peine à croire ce que vous me dites de sœur Cornélie.

Angélique. — Hélas ! Tu ne sais pas encore la moitié des choses que sœur Cornélie m'a dites. Pour nous entretenir sur ce point, tu sauras que Frédéric lui a été, entre autres, une fois rendre visite, et la trouva toute nue dans sa chambre. Elle, se retournant, lui dit en souriant : « Que veuxtu ? » Il répondit :

« Ah ! Mon cœur ! ah ! Mon amour ! Mon unique plaisir de Vénus ! » Après ces paroles, elle mit sa chemise, et s'approcha de lui. Puis aussitôt il mit la main sur cette colonne ; elle, toute surprise, lui répondit : « N'as-tu pas honte de me tenir de la sorte ? » Toutes ces paroles ne servirent de rien ; car il l'embrassa d'une force tout extraordinaire, en lui disant : « Baise-moi, ma bien-aimée. » Il ne l'eut pas sitôt baisée, qu'il la renversa sur le lit et lui maniait fortement sa poitrine, ses tétons, etc., avec des redoublements de baisers, en lui disant : « Croyais-tu pouvoir jouir d'un semblable plaisir sans les hommes ? » Après qu'ils eurent achevé quelques plaisirs particuliers, je crois qu'il la baisa plus de mille fois, si bien qu'avant le jour ils redoublèrent ce même doux passe-temps plus de trois fois. Je crois aussi qu'ils se promirent de le réitérer quelques nuits ensuite ; mais c'est de quoi je ne suis pas sûre, ne les pouvant pas tout à fait entendre, à cause de la peur que j'eus d'être vue d'eux. Alors sœur Cornélie reconnut ce que c'était de la conjonction de l'homme.

Agnès. — Eh ! Comment as-tu su toutes ces choses ? Il faut que sœur Cornélie te les ait racontées, ou bien que tu les aies vues et entendues au travers d'une fente, et même je crois qu'il y aura eu un flambeau dans la chambre.

Angélique. — Tu as raison, car j'aperçus de la lumière, et y vis une image de Notre-Dame, devant quoi elle faisait ordinairement ses prières tous les soirs, avant que de s'aller coucher. Je te dirai encore, sœur Agnès, que je vis sœur Cornélie qui, toute nue, cherchait des puces dans sa chemise (car c'était dans le mois de juillet) et Frédéric auprès d'elle, les reins de côté, tenant à sa main… ce qui me surprit extrêmement, m'imaginant qu'elle ne pût avoir eu tant de plaisir comme elle témoignait en avoir reçu.

Et je disais en moi-même : « Hélas ! Que sœur Cornélie a eu de peine ! Comment est-il possible qu'il ne la blessât point ! » C'est ainsi que je me parlais ; puis je concluais : Il l'a sans doute traitée fort doucement à cause de son jeune âge, car au plus avait-elle quinze ans. Tout étonnée, je l'entendais crier de douleur, et même croyais qu'elle allait mourir, ce qui me fâchait fort ; car je n'osais entrer dans la chambre, de peur de leur donner trop d'altération. Pourtant, quelques moments après, je la vis embrasser Frédéric avec ses deux bras, mais d'une force et d'une amitié très extraordinaires.

Frédéric ne lui en témoignait guère moins, en disant : « Ah ! Que j'ai du plaisir avec toi ! » Bref, à force de se témoigner tant de chaleur l'un pour l'autre, suivie de soupirs et de gémissements, ils se reposèrent et demeurèrent un espace de temps tous deux évanouis. Pour te faire voir l'amour excessif que sœur Cornélie avait pour Frédéric, je te dirai que nonobstant son évanouissement elle se mit à le baiser, et s'il faut dire, partout, et lui parlait en des termes les plus doux du monde, d'où je conclus qu'elle avait eu bien du plaisir. Ce qui me donna envie d'en goûter de semblable, et même tu sauras que j'en étais devenue comme folle. A quoi pensant toute la nuit, je ne pus dormir qu'au matin, et par bonheur la fortune, qui fut assez favorable à mon souhait, m'apporta quelque soulagement. C'était le fils aîné du comte don Gracio, lequel, par fortune, jeta la vue sur moi et commença à m'aimer : toutes les fois que je le vis, je ne pouvais m'empêcher de l'aimer réciproquement. Nous commençâmes tous deux par des regards amoureux, des salutations de corps et puis de bouche ; après, par des témoignages tout particuliers d'amitié et d'amour ; mais ce qui me fâcha, c'est qu'au plus beau de nos plaisirs je fus obligée de changer de chambre, ce qui m'attrista extrêmement ; ce qui n'empêcha pas, néanmoins, qu'il ne me fît tenir par adresse une lettre dans laquelle il m'assurait qu'il brûlait d'amour pour moi et me priait d'avoir pitié de lui, en répondant à sa passion et à sa flamme. Tu peux croire avec quel saisissement (je puis dire d'amour) je lus cette lettre ; je pensai pâmer de passion et ne songeai plus qu'à jouir de mon cher don Gracio. Pour cet effet, je lui fis réponse qu'il vînt au plus tôt ; que je lui accorderais tout ce qu'il pouvait souhaiter d'une fille qui l'aimait plus que sa vie, et que je ferais tout mon possible de me retrouver à la première chambre, pour mieux jouir des plaisirs que j'attendais de lui. Il n'eût pas sitôt reçu cette agréable nouvelle qu'il partit pour me venir trouver. Je m'étais préparée à le recevoir et le faire entrer dans une chambre qui répondait à côté de celle de sœur Cornélie, là où nous nous devions donner l'un à l'autre des preuves de notre amour. Il arriva qu'il fut assez heureux de rencontrer à quelques pas du logis Madelon, notre servante, qui, par bonheur pour moi, était alors ma bonne amie et confidente, par laquelle il apprit l'extrême envie que j'avais de venir aux derniers effets avec lui ; elle lui montra la porte par où il pouvait entrer. Elle me vint aussi ensuite avertir, avec beaucoup de joie, de la rencontre qu'elle avait faite de don Gracio, et me dit qu'il souhaitait de savoir de moi comment et quand il pourrait entrer sans qu'il pût être aperçu de personne ; à quoi je satisfis très ponctuellement, lui faisant dire que la porte où il avait accoutumé de me venir voir ci-devant serait entrouverte et que je l'attendrais toute seule en me reposant sur un lit de damas, et que, s'il m'aimait, j'espérais qu'il ne me ferait pas trop longtemps attendre, car je suis impatiente quand j'ai donné un rendez-vous. Il vint qu'il était environ onze heures et demie. Je fus fort heureuse de le voir. Je t'avoue que la première embrassade me fit pour ainsi dire peur, non à cause de l'obscurité, mais parce que je ne m'attendais pas à le voir sitôt, et son abord me saisit, non de crainte, mais de joie. Enfin, ma frayeur fut pourtant bientôt passée. Ses baisers et toutes ses caresses me firent connaître que je devais être dans peu de temps la plus heureuse fille du monde. Ma pudeur, combattant mon amour désordonné, me fit recevoir ses premières caresses, qui n'étaient qu'un commencement, avec quelque honte en moi-même ; mais quelque temps après j'y répondis d'une manière à quoi il ne s'attendait pas. C'est pourquoi m'ayant renversée sur le lit, il me rebaisa un million de fois. Je soutins ce petit badinage en véritable enfant de Vénus, et nous y retournâmes plus d'une fois, mais avec des plaisirs bien plus excellents, en me donnant des baisers capables de donner de la jalousie aux dieux. Ah ! Que ces embrassements sont remplis de tendresse ! Que ces attouchements sont agréables et délicieux ! « Permets-moi que je place ma bouche entre ces deux tétons (c'est ainsi qu'il me parlait), et que je couvre de ma main ce mont sacré de l'Amour et de Vénus, et que je touche de l'autre ces fesses blanches et fermes ! »

Agnès. — Ah ! Que je suis charmée, Angélique, de votre entretien ! Je préférerais ces plaisirs à ma condition, si j'étais aussi savante que toi sur ce point.

Angélique. — Le lendemain, à même heure, nous reprîmes les mêmes ébats, et de la même manière, avec des combats fort amoureux, quoique nos plaisirs fussent encore très imparfaits, me dit-il, si je n'y remédiais. « Mais, lui dis-je, vous auriez raison de vous plaindre de moi, si ma faute ne procédait pas de l'ignorance ; car je suis de mon naturel plus portée à compassion que cruelle ou insensible aux peines et aux plaisirs d'autrui, et particulièrement de ceux que j'aime. Je vous prie donc, lui dis-je, de pardonner à ma simplicité ; j'espère qu'avec le temps je pourvoirai à ce dont nous avons besoin pour jouir de nos plaisirs avec plus de commodité. » Ces paroles dites, je m'en voulais aller, pour m'instruire sur ce sujet, dans la lecture de quelques livres qui traitent de cette matière, mais il m'arrêta par la jupe, me priant que nous retournassions derechef à nos caresses, et de faire voir l'amour violent que nous avions l'un pour l'autre, avant que de nous quitter. Il me fit coucher de côté sur le lit, et se vint mettre auprès de moi comme tu le peux imaginer, et me jurait qu'il m'aimait plus que sa vie, et je lui protestais que je le chérissais semblablement ; si bien que, nous étant fait chacun ces protestations d'amitié, il fallut recommencer les baisers, les embrassades et les attouchements et chatouillements, ce qui nous donna un contentement excessif.

Agnès. — Eh bien ! Es-tu contente ? Ta curiosité est-elle pleinement satisfaite d'avoir perdu, à ce que je conclus de ton entretien, ta virginité ? Mais dis-moi, de grâce, Angélique, don Gracio ne courut-il pas risque de tomber malade d'avoir tant travaillé ?

Angélique. — Notre servante, étant allée faire une promenade, rencontra, par cas fortuit, Catherine, servante de don Gracio, qui lui dit le malheur qui était arrivé à son maître. Elle m'apprit, avec bien de la tristesse et du chagrin, que don Gracio avait une fièvre violente qui l'avait mis au plus bas degré. Tu peux facilement t'imaginer à quel point cette nouvelle m'affligea, aussi bien que notre servante. Elle s'en alla à son affaire, et moi je méditai les moyens de réparer une si grande perte, car l'on me disait qu'il courait grand risque de mourir, vu que sa fièvre était violente, et cela arriva ainsi.

Agnès. — Te voilà donc privée de ton Gracio ?

Angélique. — Oui, mais tu sauras que j'en ai recouvré un autre. Un jour de fête, allant rendre visite à Mme l'abbesse de Flori, je vis arriver en cette ville Samuel, qui avait la mine d'être fort las : l'ayant aperçu, je le suivis et le vis entrer dans la même chambre où il logea il y a un an ou deux. Aussitôt qu'il fut entré, il ne fit que pousser la porte, sans la fermer, et se mit sur le lit ; ce qui me fit dire en moi-même : Hélas ! Le pauvre garçon, il est sans femme, aussi bien que moi qui suis sans don Gracio. Je vois bien qu'il a envie de se servir de ce que le ciel lui a donné. Quoi ! disais-je, et que ne vais-je à lui ! S'il a besoin de quelque chose, pourquoi ne le contenterai-je pas ? C'est ainsi que je disais en moi-même. Aussi bien il n'y a personne auprès de lui.

Agnès. — Est-ce une personne d'un jeune âge et bien faite de corps ?

Angélique. — Samuel a environ vingt à vingt et un ans, et est d'une stature ordinaire. Il a les cheveux couleur d'or, les yeux fort amoureux, le visage très beau, et de fort belles jambes. Après avoir considéré tout cela au travers de la porte, et même aussi dans toutes les occasions où nous nous sommes vus (car il y a deux ans que je le connais), je me suis résolue toute tremblante de heurter à la porte, mais l'amour l'emportant sur ma crainte, me fit entrer assez hardiment, sans attendre qu'il vînt ouvrir la porte. Il témoigna avoir plus de honte que moi de cette surprise. Je m'approchai de son lit, en souriant sans parler, et il me demanda en me maniant la main gauche : « Eh bien ! Angélique, mon cœur, mon amour, de quoi est-il question ? » Puis il me tira et me renversa sur le lit auprès de lui, me regardant les tétons avec des yeux si doux et enflammés que je me doutai bien de quelque chose ; c'est pourquoi je sautai du lit pour aller fermer la porte au ressort, et boucher les trous qui étaient dans la porte ; puis, étant revenue sur le lit, je lui dis, faisant un peu la précieuse : « Samuel, je prends cette précaution pour te parler en particulier d'une chose... » Sur quoi, m'interrompant, il voulut... « Ah ! lui dis-je, Samuel, qu'est-ce que vous voulez faire ? Ôtez cette main de là ! »

Agnès. — Il semble que tu faisais bien la scrupuleuse. Il y a longtemps que je t'ai pronostiqué de telles rencontres, et je ne dis rien qui ne doive arriver. Est-ce que les hommes n'ont pas le droit, aussi bien que nous le souhaitons, de chercher ce qui leur peut plaire pour jouir de quelques plaisirs ? Et même tu sais bien que notre cœur ne peut être sans quelques amusements ; et d'ailleurs, la nature lui permet de chercher quelque objet qui l'occupe, et de s'attacher à ceux pour qui on a de l'amitié.

Angélique. — J'ai vu néanmoins des personnes qui condamnaient cette liberté-là comme un grand crime.

Agnès. — Je le crois bien : il est vrai que les lois civiles sont contraires en cela à celles de la nature, mais c'est seulement pour éviter les désordres qui pourraient arriver dans le monde.

Il est vrai que, dans le commerce d'amour, il faut éviter l'éclat ; autrement ce serait faire une imprudence extrême de se divulguer si hautement. L'on peut faire l'hypocrite, faire quelques grimaces en temps et lieu, ne parler que fort peu et même ne pas témoigner trop de passion pour la personne qu'on aime, et prendre à propos l'heure du berger. Voilà les moyens dont se servent aussi celles qui veulent vivre heureuses dans la servitude du mariage, en cachant le mystère de leur cœur, et pour planter à leurs maris des cornes en abondance, sans que les pauvres maris s'en aperçoivent. C'est ainsi qu'il se faut gouverner de part et d'autre, tant les vierges que les femmes.

Angélique. — Vous me surprenez, Agnès, par cette facilité que vous avez pour tromper un homme, si vous en aviez ; vous en parlez aussi authentiquement comme si vous l'aviez déjà expérimenté. Toute votre morale ne me détournera pas de cette manière avec Samuel, ni même avec un mari ; si j'en avais un, je l'aimerais trop pour lui donner une telle couronne.

Agnès. — Hélas ! Angélique, si vous aviez encore votre pucelage, on vous pourrait croire tout à fait innocente dans ce négoce. Ne savez-vous pas qu'on se lasse de manger toujours du même morceau ! Le changement est pour nous ordinairement un ragoût piquant et appétissant ; et même il y a fort peu de femmes (pour ne point dire toutes) qui ne se servent à l'occasion quand elles la trouvent ; jugez donc ce que font celles qui n'ont qu'un galant, selon leur dire, de quelle manière elles se gouvernent !

Angélique. — Je vous dis encore que toutes vos paroles ne me persuaderont pas et que je suis d'humeur de garder la fidélité à Samuel. Mais dites-moi quelles sont les raisons qui vous portent à me dépersuader de Samuel.

Agnès. — Ah ! Que tu es opiniâtre ! Qui est-ce, je te prie, qui peut tourner en opprobre une nécessité insurmontable ? Si ce ne sont que les destins qui nous donnent une inclination si violente, le moyen de ne pas succomber ! Minerve même ni toutes les vestales ne peuvent pas y résister.

Angélique. — Tu m'importunes tant sur cette matière que je vais changer de discours. Tu sauras qu'un soir je reçus la visite de Rodolphe qui était accompagné d'une demoiselle de qualité ; son nom est Alios. Elle avait un habit de taffetas, garni de quantité de rubans de diverses couleurs, admirablement bien assortis. Sa gorge était couverte d'une gaze fort déliée, qu'elle portait à la faveur du temps qui était doux et serein ; au travers de quoi paraissaient deux globes bien formés, et sa bouche, à mesure qu'elle l'ouvrait, faisait paraître deux rangs de dents fort blanches, mais surtout ses cheveux blonds et frisés, voltigeant tout autour de son front poli et de couleur d'albâtre, relevaient de beaucoup ses belles grâces et l'amour qui paraissaient sur son visage. Elle me fit l'honneur de chanter plusieurs beaux airs, avec des roulements agréables et admirablement bien compassés. Elle formait une douce harmonie, à laquelle Rodolphe et moi donnions beaucoup d'attention, pour tâcher de les apprendre par cœur, principalement Rodolphe ; mais sa vue, qui d'ailleurs faisait ses fonctions sur sa personne aussi bien que sur moi, détruisit cette entreprise. Dans ce régal, Rodolphe fit amitié avec Alios (c'était aussi ce qu'il cherchait à cause que la familiarité n'était pas encore trop grande entre eux deux), la priant qu'elle eût la bonté de permettre qu'il se donnât l'honneur et qu'il pût posséder l'avantage de la voir quelquefois, espérant que cela ne lui serait pas refusé, et croyant qu'il n'était pas dans la mauvaise grâce de son père, aussi bien que dans les siennes, en continuant de lui dire que son entretien lui était fort doux et agréable ; même s'il osait, il prendrait un jour la liberté de lui aller rendre visite en sa maison des champs, où il savait qu'elle devait passer quelques jours de fêtes, mettant ce jour-là, disait-il, au nombre de ses plus heureux, et qu'il espérait tant de charité de sa personne, qu'elle aurait la bonté de lui accorder ce bonheur ; ce qu'elle fit, et lui le reçut d'une joie toute particulière, comme tu peux croire. Enfin il fut ensuite lui rendre visite dans ce lieu de plaisance qu'on peut nommer le Palais de la volupté ; non pas pour les régularités qu'il pouvait y remarquer, mais parce qu'en la présence d'Alios son esprit se nourrissait de mille amoureux plaisirs et que bien qu'il n'osât presque l'aborder, à cause de son père, pour qui tu sais qu'il avait un peu de crainte, que par de petits artifices, il se flattait néanmoins de l'espérance, et que le temps lui ferait naître de plus heureux moments.

Agnès. — Ne lui dit-il rien autre chose ? Ne parla-t-il pas de quelques plaisirs particuliers ? Je crains fort, Angélique, que tu ne veuilles pas tout dire.

Angélique. — Je remarque bien ta malice ; je te parlerai une autre fois de tout ce qui regarde cette matière ; chaque chose a son temps. Je te dirai seulement que je prie tous les dieux et toutes les déesses, en un mot toutes les divinités qui ont été sensibles à l'amour, d'assister et de présider pour Rodolphe dans toutes les entreprises.

Agnès. — Apparemment, Rodolphe est un de tes bons amis, et je vois que tu voudrais qu'il eût achevé ses entreprises. Il n'est pas besoin que je dise toutes les pensées que j'ai de Rodolphe et de toi. Je dirai seulement que je crois qu'il t'a donné quelques plaisirs de Vénus.

Angélique. — Ah ! Je crois que tu te moques de moi quand tu parles de la sorte. Écoute seulement le récit que je vais te faire de ma rencontre. Tu sauras donc qu'au matin, aussitôt que je fus levée, et revêtue d'un habit neuf que je m'étais fait faire pour les jours de fêtes, nous fûmes, Alios et moi, chez le père Théodore, après que nous eûmes fait nos prières, que tu connaîtras, quand tu sauras qu'il est de ceux qui affectent une austérité de vie apparente et une sévérité de mœurs toute particulière : tu sauras aussi que tout prêche pour eux (je crois que tu entends ces termes), la mortification et la pénitence, et leur barbe qu'ils laissent croître, leur rendant le visage sec et atténué, les fait passer dans l'esprit du peuple pour de vrais miroirs de sainteté.

« Eh bien ! Ma chère fille, lui dit-il en l'abordant, vous avez un père qui ne veut rien épargner pour vous rendre aussi parfaite que vous devez être. Vous devez, à ce qu'il m'a appris, vous marier dans quelque temps avec Rodolphe ; il faut donc nettoyer votre âme de toute tache pour vous rendre digne de la grâce céleste, qui ne peut entrer dans un cœur souillé de la moindre ordure. Vous devez savoir, continua-t-il, que si vous êtes pure, les enfants qui proviendront du mariage et que vous mettrez au monde rempliront un jour, dans le ciel, les places des anges rebelles ; mais si au contraire vous avez quelque mauvaise qualité, ils seront infectés, et iront, dans le chemin de perdition, augmenter le nombre de ces misérables. C'est à vous, lui dit-il, à choisir. »

Elle était si honteuse, qu'elle n'osa lui répondre.

« Parlez, parlez, reprit-il. »

« Je souhaite, lui dit-elle, d'être purifiée et que mes enfants soient bons. »

Il y avait dans la même chambre du père Théodore un révérend père jésuite qui, après avoir écouté quelque temps la conversation du père Théodore et d'Alios, s'en alla, dont Alios n'était pas fâchée, parce qu'elle eut plus de hardiesse à lui parler, et lui confessa jusqu'à la moindre pensée du péché dont elle crut être coupable. Quand il apprit, entre autres, ce qui s'était passé entre Rodolphe et elle, et qu'elle avait déjà à demi goûté des plaisirs que l'amour inspire, peu s'en fallut qu'il ne s'en emportât de colère. Il lui fit une sévère réprimande, après l'avoir avertie d'avoir en horreur les actions passées ; ensuite il lui donna, sans déplier, un petit paquet de cordes qu'il tira de sa manche :

« Allez, lui dit-il, n'épargnez pas votre fille, servez-lui d'exemple, et ne vous croyez pas aussi trop indulgente. »

Après cela, nous sortîmes de la chambre du père Théodore, et nous nous en vînmes à ma chambre.

Agnès. — N'admires-tu point, Angélique, comme ces gens-là abusent de notre simplicité ? Je m'imagine qu'Alios le croit comme paroles de l'Evangile, aussi bien que son père ?

Angélique. — Dis plutôt que nous nous moquons d'eux. Aussitôt que nous fûmes arrivés dans ma chambre, le père d'Alios ferma la porte, et donna à Alios, sa fille, en riant, ce paquet de cordes à démêler, ce qu'elle fit ; je reconnus bien que c'était une espèce de fouet (car j'en avais vu ci-devant) composé de cinq cordelettes, nouées d'une infinité de petits nœuds de distance en distance.

« Eh bien ! Ma fille, lui dit-il, c'est avec cet instrument de piété, selon que l'appelle l'Eglise, que vous vous devez disposer au mariage, puisque l'envie vous en prend ; il doit vous servir de purgation. Le bon père, continua-t-il, nous a ordonné à l'un et à l'autre de nous en châtier nous-mêmes : je vais commencer, dit-il, et vous me suivrez ; mais que la vigueur avec laquelle je traiterai mon corps ne vous épouvante point ; n'ayez point de peur, et pensez seulement, aussi bien que moi, que, pendant ce saint exercice de piété, mon esprit goûtera des douceurs qui ne se peuvent exprimer. »

Agnès. — Alios tremblait, sans doute, d'entendre parler son père de telle sorte ?

Angélique. — Non, et je t'avouerai que je ne croyais pas qu'elle pût avoir tant de force pour supporter, comme elle fit, ce travail si rude et si pénible.

Agnès. — En effet, on dit qu'il n'y a rien de plus fort et de plus constant que la fille, quand elle s'opiniâtre à endurer quelque chose. Elle se surmonte elle-même à supporter avec une fermeté admirable des peines qui lasseraient les hommes les plus courageux du monde ; je crois que c'est sans doute l'amour qu'elle a pour Rodolphe qui lui inspire à souffrir ce rude exercice. Mais continue, Angélique, à me raconter ce saint exercice ordonné par le père Théodore.

Angélique. — Tu sauras qu'une des tantes d'Alios arriva par aventure dans la chambre comme Alios et son père allaient commencer cet exercice. Cette tante, qui est fort bigote, voulut bien prendre la place du père d'Alios, disant que ce n'était pas la manière que les hommes fissent de telles entreprises, et que, selon elle, c'était une gloire bien grande de se mettre à la place d'un autre pour exécuter les ordres du bon père Théodore : ce qu'elle fit aussitôt, en se déshabillant jusqu'à la chemise, qu'elle releva sur les épaules ; puis, se mettant à genoux, et prenant en main le fouet dont je t'ai parlé :

« Regardez, ma nièce, lui dit-elle, comme il faut se servir de cet instrument de pénitence, et apprenez à souffrir par l'exemple que je vais vous donner »

A peine avait-elle achevé de parler, que j'entendis frapper à la porte ; je l'en avertis.

« Je sais qui c'est, dit le père d'Alios, c'est le bon père Théodore, qui vient sans doute pour nous aider dans ce saint exercice ; il m'avait dit qu'il n'y manquerait pas, s'il pouvait obtenir la permission de sortir. »

Il frappa une seconde fois.

« C'est lui-même, répéta le père d'Alios. »

— Va, dit-il à sa fille, ouvre-lui la porte promptement.

— Comment, reprit Alios, voulez-vous qu'il voie ma tante ainsi toute nue ?

— Tu ne sais donc pas, dit le père à sa fille, que ce saint homme connaît ta tante jusque dans le fond de l'âme, et qu'on ne lui doit rien cacher ?

La tante d'Alios baissa néanmoins sa chemise, pendant que sa nièce alla ouvrir la porte. Le père Théodore entra aussitôt et loua la tante d'Alios du bon exemple qu'elle donnait à sa nièce ; il fit ensuite un discours sur ce sujet, mais avec tant de force et d'énergie, que peu s'en fallut qu'Alios ne le prévînt pour le prier de la traiter avec le plus de vigueur qu'il pourrait.

Agnès. — Ah ! Dieu ! Est-il possible ! Alios était-elle si folle ? Était-elle si simple et si bigote ?

Angélique. — Tu aurais eu de la peine à ne te pas rendre, et il t'aurait sans doute persuadée. Il leur prouva par un discours poli, et apparemment étudié, que la virginité, dans la mortification et la pénitence, n'était aucunement méritoire ;

que ce n'était qu'une vertu sèche et stérile, et que si elle n'était accompagnée de quelque châtiment volontaire, il n'y avait rien de plus vilain, et même de plus méprisable.

« Celles-là sans doute, continua-t-il, doivent rougir de honte qui se mettent nues devant les hommes, afin de se prostituer à leur convoitise ; mais au contraire les autres sont louables qui ne le font que par un principe de piété et de pénitence, et même d'un saint zèle pour la purification de leur âme. Si vous considérez l'action des premières, dit-il, en continuant de parler, vous n'y trouverez rien que d'infâme, et si vous jetez les yeux sur l'autre, vous remarquerez qu'elle renferme toute sorte d'honnêteté ; l'une ne peut que satisfaire les mortels, mais l'autre est capable de charmer les dieux. Surtout, poursuivit-il, ces sortes de châtiments sont d'un grand usage quand on sait les prendre dans leur temps ; ils sont comme une source divine, dont les eaux miraculeuses ont la vertu de nettoyer les femmes de toutes les ordures qu'elles auraient pu contracter ; elles n'ont point d'autre moyen de se purger, qu'en souffrant avec autant de fermeté et de patience la pénitence qui leur est imposée, qu'elles ont goûté avec sensualité les plaisirs qui leur étaient défendus. »

Enfin, il leur dit que de cette manière leur âme était nettoyée d'une infinité de péchés et de crimes que la honte et la pudeur les empêchaient souvent de révéler pour leur décharge.

Agnès. — Oh ! La plaisante morale ! Ah ! Que ces préceptes sont engageants ! Apparemment il a fait, selon son dire, ce saint œuvre plusieurs fois ?

Angélique. — Après tous ces discours, Agnès, il prit le fouet à la main : la tante d'Alios se mit à genoux, et Alios se retira un peu, ayant toujours les yeux arrêtés sur elle. S'étant donc bien disposée, elle pria le père Théodore de commencer ce saint œuvre (ce fut son terme). A peine avait-elle prononcé la dernière parole, qu'il tomba une grêle de coups sur son derrière qui était tout découvert ; il la frappa ensuite un peu plus légèrement, mais enfin il la mit en tel état que ses fesses, qui étaient auparavant très blanches et très polies, devinrent rouges comme du feu, et même faisaient horreur à regarder.

Agnès. — Eh quoi ! Elle ne se plaignait point ?

Angélique. — Bien loin de cela ; elle parut insensible, elle ne lâcha qu'une fois un soupir, en disant : « Ah ! Mon père ! » Mais cet exécuteur de la justice divine (selon lui) s'en fâcha :

« Où est donc votre courage ? lui dit-il. Vous donnez là un bel exemple de faiblesse à votre nièce. »

Il lui commanda ensuite de s'incliner la tête et le corps jusqu'en terre, ce qu'elle fit, et jamais elle ne l'a présenté plus beau. Ses fesses étaient tellement exposées aux coups qu'elles n'en échappèrent pas un ; cela dura un quart d'heure ou environ ; après quoi le bon père lui dit :

« C'est assez, levez-vous : votre esprit doit être content. »

Elle se leva, et s'en alla à sa nièce :

— Eh bien ! Ma nièce, lui dit-elle en l'embrassant, c'est à présent à votre tour qu'il faut faire paraître que vous avez du courage.

— J'espère, répondit Alios, qu'il ne me manquera pas.

— Que faut-il que je fasse ? dit la tante d'Alios au père Théodore.

— Préparez votre nièce, dit le bon père, j'espère qu'elle sera encore plus forte et plus courageuse que vous.

Cependant Alios avait les yeux baissés sans rien dire.

— Ne répondrez-vous pas à mon dessein ? lui dit le père Théodore.

— Je tâcherai au moins, reprit-elle.

Sa tante, pendant ce discours, la déshabillait jusqu'à la chemise, qu'elle lui leva sur les épaules. Aussitôt qu'elle se sentit toute nue, la pudeur et la honte lui couvrirent le visage : elle se voulut mettre à genoux.

« Il n'est pas nécessaire, dit sa tante ; tenez-vous droite. »

Dans ce même moment le père Théodore prit la parole :

— Eh bien ! Alios, voulez-vous être heureuse ? Voulez-vous que je vous mette dans le véritable chemin du ciel ?

— Je le souhaite, lui dit-elle.

Après ces paroles, il lui donna quelques coups, mais si doucement, qu'il la chatouilla plus qu'il ne lui fit de mal.

« Pourriez-vous, ma chère enfant, lui dit-il, en endurer de plus rudes ? »

Sa tante répondit pour elle, et dit qu'elle ne manquerait pas de courage, qu'il n'avait qu'à poursuivre ce saint exercice. Aussitôt, depuis le haut jusqu'en bas, elle se sentit chargée, mais avec tant de violence, qu'elle ne put s'empêcher de crier :

— Ah ! ah ! ah ! C'est assez, c'est assez ! Ayez pitié de moi, ma tante !

— Prenez courage, lui dit-elle ; voulez-vous achever vous-même ce qui reste à faire de cet exercice si saint et si bon, et qui purge les âmes les plus souillées ?

— Fort bien, dit le père Théodore ; voyons comme elle s'épargnera. Prenez, poursuivit-il, ce saint instrument de pénitence, et châtiez comme il faut cette partie qui est le siège du plaisir infâme, s'il faut parler ainsi.

Sa tante lui montra avec sa main comment elle devait faire. Alios se donna cinq ou six coups assez rudement, mais elle ne put continuer.

« Je ne saurais, dit-elle à sa tante, me faire du mal moi-même ; si vous voulez, je suis prête à souffrir tout de vous. »

En disant cela, elle remit le fouet dans ses mains ; elle le donna au père Théodore, parce que, disait-elle, vous aurez plus de mérite d'endurer de lui que d'un autre. Il recommença derechef à en donner à Alios, en murmurant entre ses dents je ne sais quelle prière. Elle pleurait, elle soupirait, et à chaque coup qu'il donnait, elle remuait les fesses d'une étrange manière. Enfin il la lassa tant qu'elle ne put plus y résister : elle courut d'un bout à l'autre de la chambre, pour éviter les coups.

— Je n'en puis plus, disait-elle ; ce travail est au-dessus de mes forces.

— Dites plutôt, reprit le père Théodore, que vous êtes une lâche et sans cœur ; n'avez-vous point de honte d'être nièce d'une tante si bonne et si courageuse, et d'agir avec tant de faiblesse ?

— Obéissez, lui dit sa tante.

— J'y consens, répondit Alios ; faites de moi ce que vous voudrez.

A ces mots, sa tante lui lia aussitôt les deux mains avec une petite corde fine, parce qu'elles paraient ses fesses de bien des coups ; elle la coucha ensuite sur le lit, où elle fut fouettée de la belle manière. Pendant que le père Théodore la frappait, sa tante la baisait, en lui disant :

« Courage, ma nièce, ce saint œuvre sera bientôt achevé, et plus vous recevrez de coups, plus vous aurez de mérite. »

« Enfin, dit le père, voilà qui est bien : la victime a assez répandu de sang pour que le sacrifice soit agréable. »

Agnès. — Ah ! Dieu, quel sacrifice, quelle boucherie et quel bourreau !

Angélique. — Enfin, quoi faire, Agnès ? C'est une maxime qui a été de tout temps. Cela étant fait, sa tante lui délia les bras, en lui donnant mille louanges de ce qu'elle avait souffert si patiemment un travail si rude pour une fille comme elle. Le père lui dit aussi plusieurs paroles fort obligeantes en s'en allant et lui donnant sa bénédiction. D'abord qu'il fut parti, sa tante l'embrassa avec beaucoup de tendresse.

« Il faut, ma nièce, lui dit-elle, que vous feigniez d'être malade d'un mal de côté, afin de prendre le repos qui vous est nécessaire. Pour moi, continua-t-elle, je suis accoutumée à ces sortes d'exercices, et je n'en suis pas plus incommodée. Adieu, jusqu'à demain. »

Agnès. — Sais-tu bien ce qu'elle fit pendant le temps qu'elle fut seule dans sa chambre ?

Angélique. — Oui. Elle alla s'amuser, après avoir reposé un peu de temps, à faire la lecture de quelques livres fort jolis, dont voici le catalogue :

La Religion de Scaramouche.

La Putain réformée, avec figures.

Le Renversement des couvents, pièce curieuse.

Le Vatican languissant.

L'Entretien du pape et du diable, en vers burlesques.

Le Monopole du purgatoire.

Le Diable défiguré, avec figures.

La Généalogie du marquis de Arana.

La Sauce à Robert, pièce curieuse.

La Politique des jésuites.

En vérité, Agnès, ne voilà-t-il pas de jolis livres ? Il faut croire qu'elle se soit bien divertie en faisant la lecture de ces livres. Pour ce qui est de moi, selon les titres, je ne saurais m'imaginer autrement, sinon qu'il faut qu'ils soient fort curieux.

Agnès. — Ah ! Qu'elle aurait été heureuse, et bien plus contente, si le destin lui eût fait jouir aussi des embrassements de Rodolphe ! Je crois que si Alios avait alors su où était Rodolphe, ou bien que Rodolphe eût pu savoir où pouvait être Alios, il aurait profité du temps.

Angélique. — Il se douta pourtant bien de quelque chose ; c'est pourquoi la fortune, qui lui a toujours été favorable, le fit venir dans la chambre où était Alios ; il la trouva couchée sur le lit ; elle faisait semblant de dormir ; il se jette à son col, il la baise et la manie en divers endroits de son corps ; elle, de son côté, le prend par un endroit – ah ! Je n'ose le dire ! –auquel il ne pouvait résister. Que voudrais-tu davantage, si tu avais été à sa place ? Tu te peux imaginer le reste.

Agnès. — Mais, dis-moi, comment as-tu pu apprendre des choses qui, sans doute, se sont passées en secret ? Il faut qu'Alios t'ait raconté toutes ces particularités, ou bien tu as toujours été en sa compagnie ?

Angélique. — Elle-même m'en a fait confidence, et m'a conté jusques aux moindres paroles ; outre cela, je me suis trouvée beaucoup plus de fois avec elle, et ai été témoin de diverses choses qui lui sont arrivées.

Agnès. — Il faut avouer, Angélique, que tu as eu bien du plaisir. Tu dois être fort satisfaite.

Angélique. — Tu as raison ; il n'y a que cette coutume de divertissement qui réjouisse les personnes. Si les vérités que je t'ai racontées étaient connues d'une infinité de scrupuleuses, elles renonceraient bientôt à leurs sottes opinions, et, examinant à la règle d'une droite raison les nécessités naturelles,

elles trouveraient dans la vie bien plus de douceur qu'elles n'en éprouvent. Pour vivre heureuses dans ce monde, nous devons ôter toutes les préventions de notre esprit, en excommunier tout ce que la tyrannie d'une mauvaise coutume peut y avoir imprimé, et conformer ensuite notre vie à ce que la nature toute pure et innocente demande de nous.

Agnès. — Je te suis bien obligée, Angélique, puisque sans toi je serais encore dans l'aveuglement et dans l'innocence ; car l'effort de mes premières connaissances, la violence des mauvaises habitudes, et le torrent de la multitude m'auraient sans doute emportée, si les solides instructions que tu m'as données ne m'eussent fait changer de sentiment, en me faisant connaître la vérité.

Angélique. — Tu as oublié de me dire si tu approuvais cette conjonction et ce plaisir, ou si tu l'as eu en horreur comme moi ?

Agnès. — Je ferais mal de l'approuver, et quand même je ne dirais mot, la voix fulminante du Ciel me condamnerait, si je l'approuvais. Je te dirai encore ceci avant que de finir. Lucien discute ingénieusement de ces deux points ; il n'en condamne pas un, et il est même difficile de dire auquel des deux il donne la préférence. Divers autres écrivains semblent être du même sentiment ; mais ce qui m'étonne, c'est qu'aucun législateur ne les a défendus : au contraire, ils approuvent toutes les manières imaginables pour prendre le plaisir.

Angélique. — Ah ! Ciel ! je suis au désespoir ! Assurément on nous a écoutées, car je viens d'entendre quelqu'un sur les montées. Mais arrive ce qu'il pourra, nous n'avons pas la langue liée ni perdue ; les démentis ne coûtent pas si cher en ce temps-ci, pour en donner à revendre à ceux qui seraient assez hardis de se prévaloir contre nous de cet entretien.

Agnès. — Tu ne te lasses point à causer, et tu ne remarques pas que voilà tantôt la journée passée. Remettons ce que nous avons à dire à une autre fois. Baise-moi, mon cœur.

Angélique. — Ah ! Agnès, je ne me lasserai jamais de ton entretien, tant je le trouve doux et agréable. J'y passerais des nuits entières sans m'ennuyer. Je m'imagine que tu dois être aussi satisfaite que du mien que je le suis du tien. Ce n'est qu'avec peine et chagrin que je me sépare de toi.

Agnès. — Ah ! Que tu es forte ! Je crois que tu ne finiras jamais. Adieu.

Cinquième entretien
Sœur Angélique, Sœur Agnès

Angélique. — Ah ! Que je suis aise de te rejoindre, ma chère Agnès !

Agnès. — Il y a longtemps que je te cherche, ma divine Angélique.

Angélique. — Viens, que je te baise, ma tendre pouponne.

Agnès. — Si tu continues de me caresser de cette force, tu vas me réduire en cendres, car je me sens déjà toute en feu. Fais trêve, je te prie, à tes embrassements, et continuons nos entretiens, puisque nous sommes en lieu commode pour cela.

Angélique. — Je le veux bien ; c'est pour cela que je te cherchais ; mais si faut-il payer toujours le tribut à l'amitié ; baise-moi donc encore une fois.

Agnès. — Profitons du temps, je te prie, de peur que quelqu'un ne nous surprenne, ou que notre abbesse, qui a l'œil à tout, comme tu sais, ne prenne garde à nos longs et fréquents entretiens, et ne nous ordonne, pour pénitence, de ne nous voir qu'à l'office et au réfectoire.

Angélique. — Pour aujourd'hui, je te réponds si elle prend garde à nous ; elle a d'autres choses en tête ; elle est allée voir sa prisonnière, ou plutôt son prisonnier, et c'est tout dire ; quand elle y est une fois, elle s'oublie.

Agnès. — Il est vrai que cette bonne dame est fort charitable. Mais quel est ce prisonnier, ou cette prisonnière, qu'elle est allée visiter, et dont tu parles d'une manière si ambiguë ?

Angélique. — J'ai raison de t'en parler ainsi, car c'est le plus plaisant ambigu dont on ait ouï parler ; mais l'énigme est entièrement déchiffrée, et je devais te dire d'abord, sans aucun détour, que madame est avec son prisonnier.

Agnès. — Ce que tu viens de me dire est tellement énigme pour moi que je n'y puis rien comprendre. Mais je vois bien qu'il est arrivé quelque chose de nouveau, et où l'abbesse a beaucoup de part ; je brûle d'impatience d'en savoir tout le détail ; hâte-toi de me l'apprendre, et ne me fais pas languir.

Angélique. — Je vois bien que tu dors tandis que les autres veillent, et que tu es encore novice dans le métier que nous faisons.

Agnès. — Pas tant que tu pourrais penser ; et quand je t'aurai dit ce qui m'est arrivé depuis que je ne t'ai vue, tu seras contrainte d'avouer que j'en sais autant qu'une autre, et que, même en dormant, j'emploie fort bien mon temps. Mais apprends-moi plutôt l'aventure du prisonnier.

Angélique. — Tu connais bien cette grosse fille qui vient quelquefois nous faire service dans le couvent ?

Agnès. — Tu ne veux pas dire Madelon, qui est la servante de madame ?

Angélique. — Non, sans doute. Mais je parle de Marine, cette fille si officieuse, qui est toujours prête à nous servir quand nous avons affaire d'elle. Imagine-toi donc que Marine est un jeune homme bien fait qui, brûlant d'amour pour Pasithée, et Pasithée l'aimant jusqu'à la folie, s'est servi de ce déguisement pour s'introduire dans notre couvent et satisfaire son amour.

Agnès. — Raconte-moi, je te prie, toute cette histoire, et n'en oublie pas une seule circonstance. Je sens par avance un plaisir que je ne saurais exprimer. Oh ! Le joli garçon que doit être Marine ! Il serait dommage qu'il fût une fille. Il est trop fort et trop nerveux pour participer aux faiblesses de notre sexe.

Angélique. — Tu en jugeras mieux quand tu auras appris tout le reste, que je m'en vais te raconter de fil en aiguille. Tu sauras donc que ce drôle, qui couchait en joue nos jeunes lapines, et qui en voulait surtout à sœur Pasithée, a trouvé le moyen, sous cette nouvelle forme, d'entrer dans notre clapier.

Agnès. — Dieu sait quel ravage aura fait ce fin renard, à moins que Pasithée ne l'ait toujours tenu auprès d'elle, car il y a près d'un an qu'il fréquente notre couvent ; il ne se passe point de jour qu'il ne nous vienne offrir ses services, et il me souvient que nous l'avons gardé quelquefois des semaines entières.

Angélique. — Je t'assure aussi qu'il en a bien su profiter, et qu'il n'est pas jusqu'à deux sœurs dolentes qui n'aient éprouvé ses forces. Je sais par expérience que c'est un bon arbalétrier, et je n'ai point vu encore de carme ni de cordelier qui l'égale dans les combats amoureux.

Agnès. — Tu me fais venir l'eau à la bouche, quand je t'entends parler de la sorte.

Angélique. — Je ne crois pas qu'il t'eût oubliée, et que tu n'en eusses eu ta part, sans le malheur qui vient d'arriver.

Agnès. — Je plains ce pauvre malheureux, sans savoir précisément son malheur.

Angélique. — Tu dois plaindre aussi toute la société, qui a perdu beaucoup en perdant ce vaillant champion.

Agnès. — Pour dire le vrai, je me plains moi-même, et je ne serais pas fâchée de savoir, par ma propre expérience, si ce garçon est aussi vaillant que tu le dis. Mais foin de moi ! Je ne puis m'empêcher de t'interrompre, quelque envie que j'aie d'apprendre le reste de cette aventure. Achève donc, ma chère Angélique. Dis-moi comment on a pu découvrir que Marine était un garçon déguisé en fille, puisque toutes les religieuses avaient un égal intérêt à cacher la chose.

Angélique. — Il est vrai, ma chère Agnès, qu'une fille de cette espèce était un trésor pour un couvent comme le nôtre. Mais le moyen qu'un trésor si précieux fût possédé par tant de religieuses à la fois, sans que l'envie et la discorde s'en mêlassent ? Il n'est point de sœur qui ne voulût toujours donner de l'occupation à Marine quand elles surent de quoi elle était capable. Pasithée, qui était la première en possession, le voulait posséder uniquement. Elle disait que les autres ne pouvaient pas lui disputer un bien qui lui appartenait de plein droit ; que c'était pour l'amour d'elle que Marine s'exposait tous les jours à un danger manifeste ; qu'elle seule possédant son cœur, personne n'avait droit sur son corps, et que c'était bien assez qu'elles profitassent de ses restes. Les autres sœurs ne se payaient pas de toutes ces raisons. Tu sais que quand on a faim, et qu'on voit une bonne viande, on ne peut pas souffrir qu'on nous taille les morceaux et qu'on nous serve quelques méchants restes, car tu peux bien croire que, quand ce chevalier Marin avait passé par les mains de Pasithée, ses forces étaient déjà épuisées et cela n'accommodait point les sœurs professes, qui veulent que les premiers morceaux soient toujours pour elles.

Agnès. — Mais, dis-moi, comment elles ont pu découvrir que Marine était un garçon ?

Angélique. — Tu sauras que Pasithée, qui le possédait alors entièrement, ayant fait venir un jour Marine dans sa chambre, pour faire son lit, protestant qu'elle était malade, elle la retint une heure entière, et tu peux juger de quelle manière ils la passèrent. Dans ce même temps, sœur Catherine entra dans la chambre de Pasithée, dont la porte était entrouverte, et vit un certain manège qui la surprit d'une étrange sorte. Elle demanda à sœur Pasithée si c'était ainsi que Marine lui aidait à faire son lit, qu'elle voyait tout en désordre. Pasithée, tâchant de couvrir sa faute, dit que s'étant couchée pour reposer, son mal lui avait causé de si grandes inquiétudes, qu'elle avait changé vingt fois de place, ce qui avait causé tout ce désordre qu'elle voyait, et que Marine, prenant pitié de son mal, n'avait pas voulu quitter si tôt sa chambre, qu'elle ne la vît un peu soulagée. Sœur Catherine fit semblant de croire ce que Pasithée venait de lui dire ; mais ce qu'elle avait vu de ses propres yeux ne lui permit pas de douter que Marine ne fût un fort beau garçon sous l'habit d'une jeune fille. Ravie d'une si heureuse découverte, elle ne songea qu'à profiter d'une si belle occasion. Cependant, comme je t'ai déjà dit, elle crut qu'il fallait dissimuler et laisser croire à Pasithée qu'elle donnait dans son panneau et qu'elle était la dupe de cette affaire.

« Mais à d'autres ! dit Catherine en elle-même ; un si bel oiseau ne m'échappera pas, que je n'en arrache quelques plumes. »

Comme elle le pensa, elle le fit. Après qu'elle fut sortie de la chambre de Pasithée et qu'elle en eut fait sortir Marine, disant qu'il la fallait laisser reposer, elle prit par la main cette prétendue fille, et la laissant entrer dans sa chambre, lui dit qu'elle avait affaire d'elle. Après en avoir fermé la porte, elle pria Marine de la délacer, lui disant que son corps de jupe la pressait extrêmement. Quand cela fut fait, elle dit à Marine que la peau lui démangeait en divers endroits de son corps où elle ne saurait porter la main, et qu'elle la priait de la gratter ; que cela lui ferait un grand plaisir. L'officieuse Marine s'en acquitta le mieux du monde, et même si bien au gré de celle qui lui avait donné cet emploi, qu'elle sentit à son tour une certaine démangeaison qui n'était point du tout d'une fille. Catherine, qui voyait tout cela, et que son charme commençait d'opérer, porta sa main comme par mégarde sur un certain endroit du corps de Marine, qui acheva de lui confirmer ce qu'elle avait vu dans la chambre de Pasithée. D'abord elle tomba à la renverse, et Marin, car c'est ainsi qu'il le faut désormais appeler, profitant de cette nouvelle occasion, il se passa entre eux une scène qui ne lui fut pas moins agréable que celle qui s'était passée dans la chambre de Pasithée ; car, outre que sœur Catherine est fort aimable, tu sais *qu'à nouvelle viande nouvel appétit.*

Agnès. — Il faut que ce Marin soit un homme incomparable, de contenter presque en même temps deux religieuses.

Angélique. — Il en a bien contenté d'autres, qu'il a servies avec beaucoup de dévotion ; mais comme il ne pouvait pas suffire à tout, il y en a de mécontentes, et ç'a été la cause de son malheur, ou plutôt le malheur de toutes ces bonnes religieuses, qu'il servait avec un soin infatigable.

Agnès. — Il faut que je t'avoue que je m'intéresse plus pour Marin que pour toutes les religieuses ensemble, et je ne puis pas souffrir que ses soins aient été si mal récompensés. Enfin, quoiqu'il ne m'ait rendu aucun service, son malheur me touche plus que la perte qu'ont faite toutes les sœurs.

Angélique. — Il n'est peut-être pas tant à plaindre comme tu penses, et tu en pourras juger quand je t'aurai appris toute cette histoire.

Agnès. — Raconte-moi donc sans plus tarder quelles sont ces malintentionnées qui ont découvert le pot aux roses.

Angélique. — Tu dois savoir que ce bon serviteur était attendu de deux religieuses auxquelles il avait donné rendez-vous, ne pouvant pas se défendre de leurs importunités. Mais il ne put se trouver à l'assignation ni de l'une ni de l'autre, parce que sa chère Pasithée, avec qui il était, le retint plus longtemps qu'il n'avait cru. Et comme il n'est rien de plus impatient que l'amour, l'heure du premier rendez-vous étant passée, et celle qui attendait Marin ne le voyant pas venir, crut qu'il s'était oublié avec une autre, ou qu'il ne se souciait pas d'elle. Cependant elle l'attendait toujours avec de grandes inquiétudes, jusqu'à ce qu'enfin, ne pouvant plus se contenir dans son lit, elle se levât comme une furie, et fît deux ou trois fois la ronde par tout le couvent, pour tâcher de découvrir quelque chose. C'était justement à une heure après minuit, c'est-à-dire l'heure du second rendez-vous, où l'autre religieuse attendait son cher Marin avec la même impatience. Et comme elle ouït le bruit que faisait en marchant la religieuse qui s'était levée, elle ne douta pas que ce fut son amant qui venait à l'assignation. Dans cette douce pensée, elle ouvrit la porte de sa chambre, qui répondait à la galerie où sa rivale se promenait pour découvrir, comme j'ai dit, si elle verrait apparaître celui qui l'avait trompée, de sorte que, voyant ouvrir la porte de cette autre religieuse, elle crut que c'était son perfide qui allait sortir après s'être bien diverti avec une autre. Elle se préparait à lui en faire de sanglants reproches, mais, ne le voyant pas sortir, quoiqu'on eût ouvert la porte, elle s'imagina que le bruit qu'elle avait fait en marchant dans la galerie était ce qui l'en empêchait, et cela n'était pas sans apparence. Voyant donc que la porte demeurait toujours ouverte, elle entra dans cette chambre pour s'éclaircir encore mieux de ce qu'elle appréhendait. L'autre religieuse, qui, comme j'ai déjà dit, attendait Marin à cette heure-là, voyant entrer dans sa chambre une personne en chemise, ne douta nullement que ce fut lui-même. Elle le reçut, comme tu peux croire, avec de grands transports de joie, et s'alla d'abord jeter à son cou. Le prétendu Marin, se sentant serré si étroitement par sa rivale, crut que c'était pour faciliter à cet amant le moyen de s'évader, et se dégageant des bras de cette religieuse, elle se mit à chercher son infidèle ; mais ce fut inutilement. Il se fit alors la plus plaisante scène du monde entre ces deux religieuses, chacune d'elles se demandant où est Marin, et aucune ne l'ayant en son pouvoir. Quoiqu'elles eussent toutes deux raison, elles ne laissèrent pas de se quereller. La première crut toujours que Marin était sorti de la chambre tandis que sa rivale la retenait, et cette dernière crut que l'autre, excitée par sa jalousie, avait détourné ce rendez-vous et avait obligé, par sa présence, Marin à se retirer. Ce qu'il y a de plus plaisant, c'est que cette pauvre religieuse, qui attendait son homme à cette heure-là, ne vit venir qu'une femme qu'elle embrassait avec autant d'ardeur que si c'eût été celui qu'elle attendait.

Agnès. — Cela veut dire, en bon français, qu'au lieu d'une dague, elle ne trouva qu'un fourreau ; c'est un étrange *quiproquo.*

Angélique. — On ne peut pas mieux exprimer la chose.

Agnès. — Quelque envie que j'aie de savoir la fin de cette aventure, je ne puis m'empêcher de t'interrompre, pour te faire part d'un tour qui te fera rire, et que la pensée du fourreau m'a remis dans l'esprit.

Angélique. — Comme nous ne cherchons qu'à nous divertir, et que nous avons du temps de reste, tu peux dire ce qu'il te plaira, et tu parles avec tant d'esprit et d'une manière si agréable, que je suis charmée de t'entendre.

Agnès. — Faisons trêve à tous les compliments. J'aurai dit en deux mots ce que j'ai à dire. Tu sauras donc que mon oncle étant allé voyager dans les principales villes de France, sans autre dessein que celui de se divertir, s'arrêta quelque temps dans la ville de Toulouse, pour avoir le temps de considérer ce qu'il y a de plus digne de la curiosité des étrangers. Il fut un matin au palais, et comme il savait qu'il faut quitter son épée dans ce lieu-là, pour éviter les insultes des laquais qui ont droit de l'ôter à tous ceux qui mettent le pied dans la cour du palais sans l'avoir quittée, il ne manqua pas de se soumettre à une loi qui est observée par les plus grands gentilshommes. Dès qu'il fut donc à l'entrée de la cour, il laissa son épée chez un marchand qu'il connaissait, et ne retint que le fourreau, qu'il porta toujours avec son baudrier, selon la mode de ce temps-là. Il entra de cette manière dans la cour du palais, tenant sa main gauche sur son fourreau, à l'endroit de la garde de l'épée, comme pour empêcher qu'on ne la lui vînt saisir. On ne le vit pas plutôt paraître, qu'une foule de laquais se jette d'abord sur lui, et jugeant du prix de l'épée par la beauté du baudrier qu'ils voyaient porter à ce gentilhomme, ils crurent de faire un grand butin en lui ôtant son épée, car pour le baudrier il ne leur était pas permis. Se jetant donc sur l'épée qu'ils croyaient dans le fourreau, et que mon oncle ne pouvait pas leur disputer, ils s'empressèrent si fort à qui l'aurait, qu'ils se jetèrent tous pêle-mêle sur ce misérable fourreau, qu'ils déchirèrent en mille pièces, ne sachant qui avait saisi l'épée. Mon oncle les regardait faire, et riant, dans le secret de son cœur, de la dispute de plus de deux cents laquais, qui, comme des chiens affamés, aboyaient après leur proie, leur dit d'un air ingénu :

« Messieurs, je sais que mon épée est à vous, et, malheureusement pour moi, j'ai oublié de la laisser en entrant dans cette cour, mais si vous me la faites rendre à celui qui me l'a prise, voilà deux louis d'or que je vous destine pour aller boire à ma santé. »

Un procédé si honnête ne fit qu'animer davantage ces faquins les uns contre les autres ; chacun accusait son compagnon de l'avoir cachée en quelque lieu reculé ; cependant mon oncle se retira, et leur laissa vider comme ils pourraient une si plaisante querelle, qui leur fit prendre un fourreau pour une épée.

Angélique. — Il en fut de même de nos religieuses, lorsqu'elles croyaient tenir Marin. Leur dispute s'échauffa si fort que l'abbesse entendit tout ce vacarme. Comme elle avait une longue expérience des tours que l'amour fait faire, elle ne douta point que ce ne fut là quelque trait de sa façon. Elle fit lever d'abord sa servante Madelon, lui commanda d'allumer sa chandelle, et se levant tout en chemise, car c'était pendant les grandes chaleurs de l'été, elle alla pour voir ce que c'était. La première chose qu'elle vit de loin, ce fut Marin qui sortait de la chambre de Pasithée, et qui, ayant ouï le bruit qui se faisait, et jugeant qu'il en était la principale cause, s'alla recogner dans son lit. L'abbesse, l'ayant vu passer et disparaître en même temps, ne savait ce que c'était ; elle jugea, seulement, à sa démarche, qu'il fallait que ce fût un homme ; mais, ne sachant plus où le chercher, elle alla visiter toutes les chambres des religieuses pour tâcher de découvrir quelque chose. Cependant les deux religieuses qui avaient été frustrées dans leur attente furent surprises par madame dans la chaleur de leur dispute, et comme elles avaient un même intérêt à cacher la cause de leur querelle, cet orage s'apaisa dès que l'abbesse parut. Mais comme il n'était pas aisé de lui en faire accroire, et que ces deux religieuses lui paraissaient fort émues, elle jugea qu'il y avait quelque chose d'extraordinaire dont elle serait bientôt éclaircie. Elle ne s'amusa point à les questionner, ni à leur demander pourquoi elles n'étaient pas chacune dans leur chambre, ni quel était ce fantôme qui avait paru et disparu en même temps : elle savait qu'elles ne manqueraient pas d'inventions pour cacher toutes leurs folies ; elle crut que le plus court était d'aller fureter partout et de visiter tous les lits et toutes les chambres. Comme elle était une vieille routière, elle s'imagina qu'elle découvrirait quelque indice qui lui révélerait ce mystère, où elle connaissait déjà que plusieurs religieuses se trouvaient intéressées, et surtout Pasithée, d'où elle avait vu sortir ce fantôme, et les deux sœurs mécontentes.

Agnès. — Dis-moi, je t'en prie, avant que de passer plus outre, quelles étaient ces deux sœurs qui furent toutes deux frustrées ?

Angélique. — Je m'étonne que tu aies tant tardé à me faire cette demande ; mais puisque tu désires le savoir, je te dirai sans détour que j'étais celle à qui le premier rendez-vous fut donné, et c'est pour cela que je sais mieux que toute autre le détail de cette affaire, et sœur Colette était celle qui avait eu le second rendez-vous.

Agnès. — Ainsi tu es la principale cause du malheur qui est arrivé.

Angélique. — Dis seulement que j'en suis l'occasion, et même il n'y avait rien de gâté, si nous n'avions pas eu une abbesse si pénétrante, et qui se servit du moyen le plus bizarre qui puisse tomber dans l'esprit d'une vieille mélancolique.

Agnès. — Achève donc, je t'en prie, ton récit ; j'en attends la fin avec impatience.

Angélique. — La première chose que fit notre abbesse fut de s'assurer de Colette et de moi, et de nous ordonner de nous tenir près d'elle jusqu'à ce qu'elle eût achevé ce qu'elle avait dessein de faire.

Agnès. — Elle craignait sans doute que vous n'allassiez avertir les autres de se tenir sur leurs gardes ou que vous ne fissiez sauver le voleur.

Angélique. — Justement.

Agnès. — La fine matoise !

Angélique. — Elle alla frapper d'abord à la chambre de Pasithée, qui, faisant semblant de dormir, fut quelque temps à répondre. Enfin voyant qu'on continuait de frapper, et entendant la voix de madame, elle se leva promptement du lit et nous vint ouvrir la porte. L'abbesse lui dit d'un ton résolu qu'elle voulait faire à l'heure même une visite générale de tout le couvent, et qu'elle était assurée qu'il y avait un homme qui s'était caché en quelque part. Pasithée, paraissant toute surprise de ce que l'abbesse venait de dire, fit cinq ou six signes de croix, et dit plus de vingt fois *Jésus Maria !* L'abbesse, faisant toujours son chemin, voulut regarder son lit et visiter sœur Pasithée depuis la tête jusqu'aux pieds. Elle fit tant, regardant tantôt les draps, tantôt la chemise, qu'elle reconnut enfin les traces fraîches d'un homme, et nous ayant fait voir ce bel étalage :

« Vous voyez bien, nous dit-elle, que le loup est entré dans la bergerie ! Il ne faut que le chercher : il ne saurait nous échapper, car j'ai les clefs de toutes les portes, et les murailles sont si hautes qu'il ne saurait y grimper. »

Ce discours nous fit frémir, et particulièrement Pasithée, qui y avait le plus d'intérêt. Néanmoins, faisant effort sur elle-même, elle soutint qu'aucun homme n'était entré dans sa chambre.

— Vous dites donc que c'est une femme, lui dit l'abbesse, car vous ne pourrez pas nier qu'une personne tout en chemise ne soit sortie de votre chambre, il n'y a pas un quart d'heure, puisque je l'ai vue moi-même.

— Il est vrai, dit-elle, mais c'était Marine, qui, m'ayant servie dans ma dernière maladie, comme sœur Catherine sait très bien, venait voir comme je me portais, car elle m'avait ouï plaindre tout le jour.

— Eh bien ! dit l'abbesse, je crois ce que vous me dites ; mais cependant nous verrons si cette Marine n'est pas quelque monstre marin qui cherche la chair humaine, semblable à celui qui me fit tant de peur il y a quelques nuits.

Ces dernières paroles achevèrent d'accabler sœur Pasithée, quoique madame eût dit cela au hasard, et qu'il ne pût pas lui venir dans l'esprit que Marine fût un homme. Après cela, ne donnant pas le temps à Pasithée de s'habiller, non plus qu'à nous, elle lui commanda de nous suivre, et marchant toujours la première, Madelon tenant un cierge à la main, elle alla frapper à la porte de Catherine, qui, s'étant déjà éveillée au bruit que nous avions fait, nous vint ouvrir en diligence. L'abbesse lui fit le même compliment qu'elle avait déjà fait à Pasithée, et la visitant à son tour, elle ne la trouva pas plus nette que l'autre, quoique les traces n'en fussent pas si récentes.

« Oh ! oh ! dit-elle, c'est un loup qui fréquente céans depuis plusieurs jours, et qui sait déjà les êtres du logis ; continuons à le suivre à la piste : nous l'attraperons enfin. »

Après cela elle sortit de la chambre de Catherine, qui eut ordre de se joindre à nous. Et allant ainsi de chambre en chambre, notre troupe grossissait, et madame trouvait toujours de nouvelles traces de son loup.

« Voilà, dit-elle, une bête bien affamée et qui aime bien à changer de gîte ! »

Après cela, elle nous dit une chose à laquelle nous ne nous serions jamais attendues.

« *Vous savez*, dit-elle, *mes filles, que Satan se change quelquefois en ange de lumière, et que les loups ravissants prennent quelquefois la peau des brebis. Il faut voir si quelqu'un de nous ne serait pas ce loup travesti, qui fait tout ce ravage dont vous avez vu les marques ; car si ce n'était pas un loup déguisé, il n'aurait pas le loisir de faire tout ce qu'il fait.* »

En disant cela, elle retroussa sa chemise et nous fit voir tout ce que Dieu lui avait donné.

« Vous voyez, nous dit-elle en nous montrant un corps blanc comme la neige, que je suis un ange de lumière. »

Quand cela fut fait, elle voulut que nous en fissions autant ; il y en eut qui firent les difficiles, mais il leur fallut passer par cet examen.

« Je suis bien aise, nous dit-elle ensuite, que vous ne soyez que ce que vous paraissez être, mais toujours est-il certain que plusieurs d'entre vous ont reçu le loup dans leur bercail. Allons maintenant, dit-elle, au quartier des sœurs novices. »

Agnès. — C'est là où je t'attendais, car étant de ce nombre, je voulais savoir d'où vient que madame nous avait oubliées.

Angélique. — Cela ne fut pas nécessaire, comme tu vas voir par ce que je vais te dire. Tu sais qu'en allant du quartier des sœurs professes à celui des novices, il faut passer par une espèce de grenier qui sert de chambre aux femmes qui viennent nous aider à balayer le couvent. C'est là justement où Marin était couché sur un méchant matelas. L'abbesse, qui se ressouvint alors de ce que Pasithée lui avait dit, que Marine était la seule personne qui fût entrée dans sa chambre :

« Afin que nous n'ayons rien, dit-elle, à nous reprocher, puisque nous nous trouvons devant la chambre de Marine, il faut savoir si elle ne serait pas cet ange de Satan qui vient troubler pendant la nuit le repos des religieuses. »

Là-dessus, quelqu'une de celles qui avaient intérêt que Marin ne fût pas connu pour ce qu'il était, représenta à l'abbesse qu'il n'était pas à propos de divulguer ainsi les secrets du cloître, et qu'une fille qui n'était pas de leur société, ni même leur domestique, ne devait pas avoir connaissance du soupçon où l'on était qu'un homme fût entré dans le couvent.

« Il en sera ce qu'il pourra, dit l'abbesse, mais Marine subira l'examen comme les autres, et même avec plus de rigueur, puisque, de l'aveu de Pasithée, elle est entrée cette nuit même dans sa chambre. »

A ces terribles paroles, Pasithée faillit tomber morte aux pieds de l'abbesse. Enfin on entre dans la chambre de Marine, dont la porte, étant sans verrou, ne se fermait qu'avec un loquet. Qui pourrait exprimer la surprise de Marin de voir entrer Madelon un cierge à la main et l'abbesse avec plus de vingt religieuses toutes en chemises ! Cet appareil, qui avait quelque chose de funèbre, l'étonna d'abord ; ce que l'abbesse ayant remarqué, elle lui dit :

« Marine, n'ayez point de peur : ce n'est qu'une petite formalité qui nous amène ici. Nous cherchons un homme qui est caché céans, et comme la nuit tous les chats sont gris, et qu'il n'est rien qui ressemble mieux à un chat qu'une chatte, il faut voir si tu es mâle ou femelle, car, comme tu sais, l'habit ne fait pas le moine. Nous voyons bien que tu as une robe de femme, mais nous voulons voir si tu l'es depuis les pieds jusqu'à la tête. »

Marine répondit tout en grondant qu'on la laissât dormir, qu'ayant travaillé tout le jour, elle avait besoin de repos, et qu'elle n'était pas d'humeur à entendre ces fredaines. L'abbesse, qui n'en voulait pas demeurer là, lui représenta doucement qu'il fallait qu'elle le souffrît, qu'elle devait subir cet examen, et qu'elle n'aurait pas plus d'avantage que les sœurs professes qui avaient passé par là. Quelques-unes dirent alors qu'elles ne seraient pas fâchées qu'on laissât Marine en repos, et qu'elle pouvait jouir sans qu'on lui portât envie du privilège de n'être point visitée.

« C'est un beau plaisir, dit une autre, pour des religieuses, de voir le corps sale et crasseux d'une vilaine servante ! »

Tout cela ne faisait qu'augmenter la curiosité de l'abbesse et confirmer ses soupçons. Elle remarqua en même temps que Pasithée était plus morte que vive, et que Catherine, Colette et moi paraissions fort inquiètes.

« Eh bien ! dit-elle, pour vous épargner la vue du corps de cette servante, vous n'avez qu'à fermer les yeux, et je m'en vais procéder à la visite. »

En disant cela, elle prit le cierge des mains de Madelon et lui commanda de se tenir à l'écart. Le pauvre Marin faisait tout ce qu'il pouvait pour cacher ce que la nature lui avait donné, et la peur où il était alors lui était d'un grand secours ; mais la peur peut bien transir nos membres, non pas les anéantir. Enfin il se tenait comme un chien qu'on menace du bâton, qui cache sa queue entre ses jambes. J'oubliais de te dire que Marin, pendant que l'abbesse et les religieuses étaient dans cette plaisante contestation, prit une de ses jarretières, dont il fit une espèce de bride, qu'il attacha au bout de son fait, et le faisant passer par-dessous ses cuisses, fit tenir avec une épingle l'autre bout de la jarretière derrière son dos, au-dessous de sa chemise. Cependant madame, l'ayant dé-couvert par-devant, ne voyait encore rien qui pût être d'une femme. Elle voyait pourtant que Marine croisait les jambes d'une manière à lui faire croire que la pudeur ne faisait pas tout cela ; elle voulut donc y regarder de plus près, et comme elle a la vue extrêmement courte, elle se servit de ses lunettes, qu'elle ajusta sur son nez, comme s'il se fût agi de voir quelque chose de rare ou quelque bijou de prix. Comme elle allait procéder à une plus ample vérification des pièces, et qu'elle appuyait presque ses lunettes sur le ventre de Marine, comme si c'eût été un pupitre sur lequel elle aurait eu son bréviaire, pendant tout ce temps, dis-je, ce membre que Marin voulait cacher avec tant de soin, et qui semble se roidir quand on lui résiste, se roidit si fort, en effet, par la gêne que Marin voulut lui donner, qu'il se débanda tout d'un coup, donna justement sur les lunettes de l'abbesse, qu'il fit sauter jusqu'au ciel du lit, les mit en pièces et éteignit du même coup le cierge qu'elle avait entre les mains. Cette bonne dame, qui savait depuis longtemps comment les hommes sont faits, ne douta plus que Marine n'en fût un, et portant la main sur ce qui venait de frapper ce terrible coup, elle en fut si surprise qu'au lieu d'un homme elle conclut que c'était pour le moins un homme et demi. Les religieuses, qui n'avaient pas vu de si près ce qui s'était passé, et qui virent la chandelle éteinte, eurent là-dessus diverses pensées : celles qui connaissaient Marin *intus et in cute* se doutèrent de la chose ; d'autres crurent que, pour s'exempter de cette honteuse visite, il avait renversé d'un coup de main le cierge et les lunettes de l'abbesse. Enfin il y eut quelques bonnes sœurs, de ces illuminées qui veulent trouver partout des miracles, qui dirent que c'était sainte Claire, la patronne du couvent, qui, ne pouvant souffrir qu'on soupçonnât d'impureté les chastes filles de la société, s'opposait visiblement à une visite qui tendait à déshonorer leur ordre. L'abbesse savait bien ce qu'elle en devait croire ; néanmoins, faisant semblant de donner dans cette pensée, elle dit que puisque ce malheur venait d'arriver, que le flambeau s'était éteint, et que ses lunettes s'étaient cassées sans savoir comment, elle ne poursuivrait pas sa visite plus avant ; mais que puisque Marine avait donné lieu à tout ce tracas, en entrant la nuit, sans nécessité, dans la chambre de Pasithée, elle serait recluse pour quelques jours dans une chambre séparée, dont madame aurait la clef, et dont elle ne pourrait pas sortir sans son ordre ; que cependant elle nous défendait très expressément de parler aux novices, ni aux pensionnaires, ni enfin à personne du monde de ce qui s'était passé entre elle et nous. Tu devines bien, chère Agnès, pourquoi elle nous a tant recommandé le secret, et la raison qui l'oblige à renfermer Marin dans une chambre à part.

Agnès. — Elle a trouvé cet oiseau si beau à son gré, qu'elle veut le mettre en cage pour servir à ses menus plaisirs.

Angélique. — Elle a cru que des religieuses comme nous ne méritaient pas un si bon morceau, et qu'il était digne d'une abbesse. Je ne sais si Marin sera content de son sort ; mais je sais bien qu'il est regretté de plus d'une religieuse.

Agnès. — Il ne sera pas toujours en prison.

Angélique. — Non, mais les yeux de l'abbesse le garderont à vue.

Agnès. — Il faut avouer, Angélique, que tu m'as fait un fort grand plaisir de me conter une si rare aventure.

Angélique. — Dis-moi, Agnès, à ton tour, ce que tu as à

m'apprendre de tes nouvelles aventures. Tu m'as dit que même en dormant tu avais bien employé ton temps. Il faut que ce soit quelque chose de fort plaisant.

Agnès. — Beaucoup plus que je ne te saurais dire ; mais l'heure nous appelant à l'office, il faut renvoyer cela à un nouvel entretien.

Angélique. — Baise-moi donc, mon cher cœur, en attendant que tu me donnes ce plaisir

Table des matières

www.grandsclassiques.com

ISBN ebook : 9782512008583
ISBN papier : 9782512009788
Dépôt légal : D/2018/12603/161

Couverture : © Hélène Massart
Conception numérique : Primento, le partenaire numérique
des éditeurs

Printed in Great Britain
by Amazon